不會飛的彼得潘、歸花路

眽眽 著／繪

目次
CONTENTS

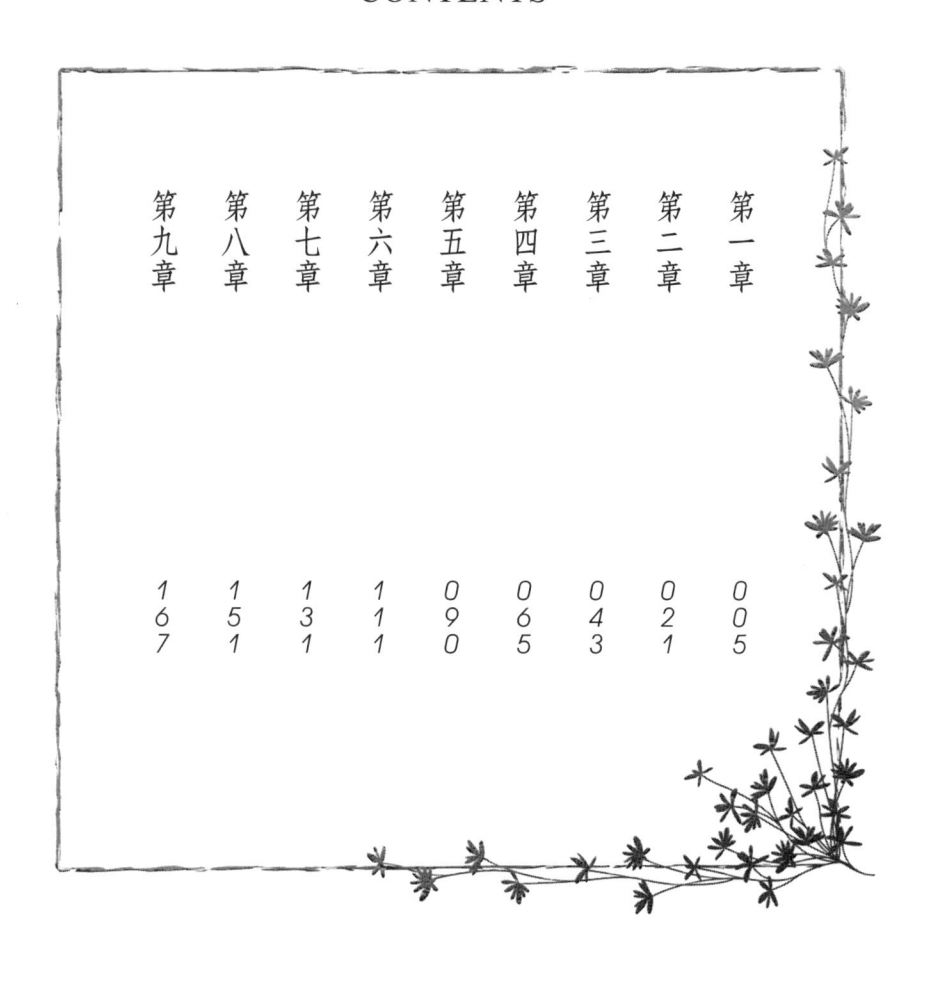

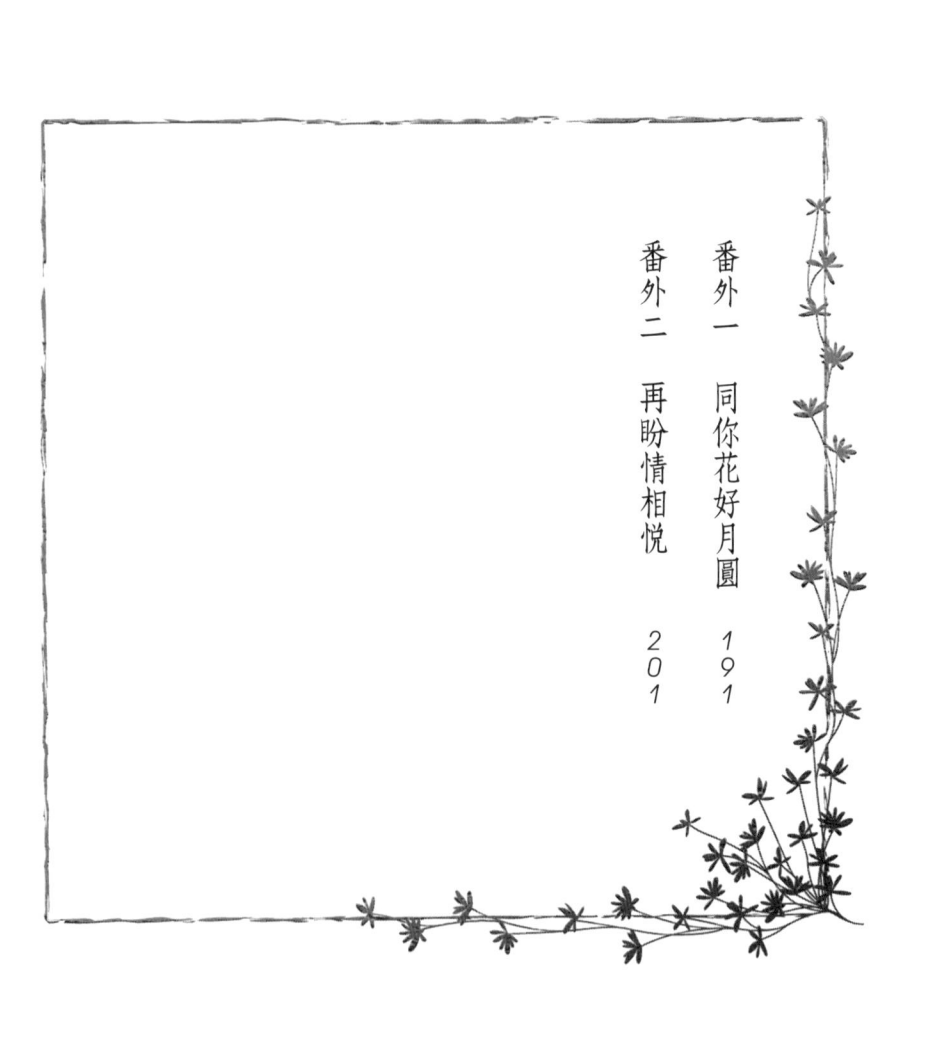

第一章

今年夏天開始，是高中的最後一年。

等到下次夏日來臨，這些畢業生必須離開此地，將屬於自己的抽屜清空，將班牌上的裝飾撤掉，大家齊心協力得來的獎狀也不能繼續貼在公佈欄上。

所有東西都必須帶走，回憶也不例外，打包著所有不捨和回憶，笑著哭著，向自己三年來的高中生活告別。

一直到夏天快結束了，譚子媛才有即將迎來畢業的實感，她不禁有感而發，這些日子裡，在必須天天來學習的這裡，發生了許多事，難以忘懷的回憶點點滴滴。

最初，受「彼得潘症候群」所困，她特別孩子氣，和一般急著想成為大人的青少年不一樣，她拒絕長大，無法融入同儕間的團體，國中時甚至被欺負排擠……直到李想出現。

「奇怪的資優生」是她對李想的第一印象，總是面無表情，看上去有些冷酷，喜歡掛著IPHONE耳機在頸上，上課常常在睡覺卻一定能拿到好成績。

認識他以後才發現並非如此，因為家庭因素必須半工半讀，一方面顧及課業，一方面學習自己喜歡的攝影，李想其實比任何人都還要認真努力。

也是因為李想的援助和開導，她才有勇氣改變，跟隨著他的腳步來到這裡，跨出了她人生最大一步，迎來充滿希望的新生活。

在這裡，認識了方瑀和寧寧，將自己視為重要的朋友，也曾為自己落淚，哭著說不會再讓任何人傷害自己，讓她初嘗有姊妹般的幸福。

在這裡，認識了曾逸哲，不放棄和李想曾經立下的約定，一個像太陽般溫暖的男孩。

在這裡，認識了小綠學姊、李想的朋友三人組，還有很多很多人……這是國中時的她怎麼也想不到的。

好事壞事組成數也數不清的回憶，落在校園中的每一個角落，是李想改變了她的人生，在她最無助的時候總會出現，就像英雄一樣。

然後，就在不久前，誤會李想和小綠學姊復合之時……

「譚子媛。」

「我喜歡的是妳。」

被李想告白了。

自從告白後，李想對她的態度變得游刃有餘，好像之前的緊張害羞都是幻象一般，變得積極主動，一直在提醒她，他喜歡自己這件事。

面對那些大膽言行，神經大條的譚子媛也很難不動搖。

李想從沒有要她回覆告白，日子還是一如往常地過，兩人的關係也沒有因此而改變。

還是如往常一樣的行程，每天七點起床、上學，放了學就去李想家吃晚餐。

在這般悠閒的生活下，時間很快地就流逝掉，尤其經過了先前那幾波大風大浪，譚子媛變得很享受於現在的悠哉，就這麼忘了最重要的事……

「寧寧，妳自傳準備得怎麼樣了？」

直到方瑀提起，譚子媛在一旁側聽才驚覺，身邊的同學都已開始準備升大學的自傳資料和考試，在大家都埋頭苦讀的時候，自己竟然渾然不覺地過了一個夏天。

雖然有意識到已經要畢業，卻沒有已經要上大學的感覺，離考試也剩不到一年了，但是平時都不見李想在讀書，所以整天無所事事的人不是只有我嗎？

「媽咪、寧寧，妳們想要讀哪間大學？」譚子媛好奇問，這麼說來，她從來不知道方瑀和寧寧未來想從事的工作。

「我喔……應該會往藝術群方向前進吧，音樂、戲劇那類的我都很有興趣，也很嚮往能以劇場、舞台的表演為工作。」方瑀率先開了口，「我想考國立藝術大學，就算考不上也還是會待在台北。」原本就喜歡彈吉他的她天生就有藝術細胞，具有領導力的她若是當上藝術指導也很適合。

在一旁的寧寧專心傾聽著方瑀對未來的期許，沉默了好一陣子，緩緩道，「我父母都是公務員，我也想從事這方面的工作，但還是想先拿到大學證書，當然也會繼續待在台北。」

聽完兩人對未來的夢想和去向，譚子媛開始陷入沉思，不只不知道自己該去哪間學校，連想讀什麼科系都不清楚，大家漸漸找到想做的事，反觀她對未來一片迷茫。

這種感覺似曾相識，就像國小升國中時，同儕開始成長變成了小大人，自己卻還在原地踏步。

「媛，妳呢？」方瑀和寧寧分別說完了自己的規劃，反過來問譚子媛。

「我……」她欲言又止，一股壓迫朝她襲來。

又走到了需要做抉擇的十字路口，她害怕去想、去規劃，害怕選擇後會失敗後悔，這也是「彼得潘症候群」的症狀之一，擁有一顆不想長大的心，總是想依賴別人。

見譚子媛遲遲無法給予答案，方瑀輕拍她的背，給予安慰，「別擔心，不會要妳現在就馬上得出答案，也有很多人讀完大學才找到自己想做什麼的！」

「對啊，反正離畢業還有段時間，慢慢來，總之先把考試考好再說吧！」寧寧跟著附和，「明天正好是假日，一起去圖書館看書吧？有什麼不會的也能馬上問，好嗎？」

譚子媛抬眸望向方瑀和寧寧，兩人揚著嘴角，眼神中充滿了閃爍的光芒，使她無法拒絕。兩人說得也沒錯，既然暫時還不知道自己要做什麼，總之就先讀書，把考試考好吧！

三人照約定，週六上午在圖書館前集合，一進到裡頭便能嗅到濃濃書香味，圖書館內相當寧靜，從安靜衍生出的些許壓迫感，曾經是譚子媛很反感的，感覺就像進入異次元空間，一到這個地區就必須全神貫注地讀書，長時間投入在文字當中令她感到渾身不舒服，以前的她非常討厭讀書，甚至只要一打開書籍就會想睡。

自從李想這個模範出現後，她的想法也稍稍改變了，為了朝著他邁進，自己也必須付出努力。

走在方瑀和寧寧身後，譚子媛環顧四周尋找座位，可能是假日的關係，來圖書館的人特別多，放眼望去沒有幾個多出的座位，她也不習慣與陌生人一起坐，於是三人開始走到靠近牆邊的座位，直到熟悉的身影映入眼簾，她帶著懷疑，緩步朝那個人走去。

「李想？」她輕聲喚道，眼前的人抬起頭望向自己，果真是李想！她都忘了，李想其實並不是個天才，他只是個比別人還要努力數倍的普通人，所以自己才會如此欣賞他。

「嗨！」曾逸哲傾身，從李想後方探頭出來揮手。

沒有想到連逸哲也在！李想應該是比較喜歡一個人安安靜靜讀書的，譚子媛感到相當訝異，「為什麼連逸哲也在？」

「因為有人頭腦不好使，需要開導。」李想無奈地嘆了口氣，繼續低頭看書。

「對啊，我功課不好，恰好有個資優生朋友可以當免費教師。」被李想揶揄一番的曾逸哲並沒有尷尬反駁，反而一臉燦爛，真不愧是樂觀的陽光男孩。

「我們也可以坐這裡嗎？」方瑀指著他們身旁的座位，得到兩人的同意，三人才終於能夠坐下。

正好是靠近牆邊的位置，和其他桌隔了些距離，既不會打擾到別人也不會被打擾。

寧寧先行坐下，望見坐在桌子對面的三人，仔細一瞧發現是矮人、眼鏡男和嘻哈，不自覺發出嫌惡的聲音，「呃！為什麼連你們也在？」

「妳就可以來讀書，我們就不行喔？」和寧寧是舊識的嘻哈立刻回了嘴，與寧寧一觸即發，兩人一見面就是以鬥嘴為樂。

「小媛，妳來坐這裡啊！」見譚子媛愣在原地不知所措，曾逸哲貼心地讓出了自己的位置，譚子媛開朗地點了點頭，小跑步跑了過去，在李想和逸哲的中間坐下。

方瑀沒有動作，看著曾逸哲刻意讓出李想旁邊的位置給譚子媛，不禁有些感傷。

雖然逸哲一直沒有明確的表示和動作，但她隱約感覺得到他對小媛的心意，一聽見小媛出事時，事情都還未搞清楚，他二話不說急忙趕去現場。

還有他看著小媛的時候總是輕輕笑著，憐愛的眼神，都在訴說著他對小媛的感情，明明那麼濃厚卻拚了命將其掩蓋，甚至在她身後推她一把，就是為了讓她朝李想前進嗎？是因為不想和最好的兄弟搶？還是因為認為自己比不上李想而自主棄權呢？

方瑀想不通，在她眼裡，曾逸哲這個人比任何人都還要神祕，就是因為總是擺著一臉燦爛笑容，更無法理解他心裡所想，真讓人在意。

看著方瑀一人佇立在原地發呆，眼鏡男勾起不懷好意的笑容，擺出平時輕浮的姿態，朝她揮了揮手，「社長大美人，要不要來這裡坐？我旁邊剛好有個空位喔。」

方瑀面無表情望向他，見他帶著一絲挑逗戲謔之意，她也回以一個笑容：「我是前社長，也不是大美人，空位的話，逸哲旁邊也有。」

直接拒絕了他的邀請，她快速收回笑容，帶著一身冷酷走向逸哲身旁的座位。

目光移不開刻意裝作冷酷的方瑀身上，舉手投足都相當誘人，她拉開椅子優雅地坐下、將頭髮撥至耳後的模樣都如此挑逗人心。

眼鏡男摀住自己的胸口，被邱比特的箭直直射入心裡，他忍不住驚嘆：「好正點喔……」

「啊？拜託一下，在這裡不要發情啦，你前陣子才吃掉的學妹們怎麼馬上被拋到腦後啦？」矮人無奈。眼鏡男很會搭訕，再加上他長相和家境也都不錯，幾乎百戰百勝，遇到態度這麼冷淡不屑的女人可能是第一次，沒想到他更吃這一味。

「你不是和他們互看不順眼嗎？怎麼會一起坐在這裡讀書？」譚子媛好奇問起身邊的逸哲，當初就聽說逸哲和那三人完全不認識，唯一共通點就是看對方不順眼，如今坐在一起簡直是奇觀。

「我也不知道，他們不請自來的。」

「沒辦法啊，就只有這裡有空位，原本看到李想才過來的，誰知道這傢伙也在這。」嘻哈一副不屑一顧，立刻引來寧寧的嘲諷，「這麼委屈現在就可以離開啊。」

寧寧和嘻哈之間的戰火又再度燃起，再加上矮人和眼鏡男、譚子媛和逸哲這兩對都在說話，周遭充滿了細微的吵雜聲，窸窸窣窣地令人煩躁。

「喂。」李想忍不住瞪向聲音來源，僅僅是發出一個單音，便能使在場瞬間安靜，「你們如果要聊天就去別桌，吵得我沒辦法看書。」

見李想周遭開始瀰漫出低氣壓，所有人只好乖巧地閉上嘴低頭讀書，見大家都拿出自己要看的書籍開始埋頭苦讀，譚子媛還未動作，她探頭看李想在讀什麼，發現他面前是厚厚一疊外文書。

她簡直不敢相信，雖然知道李想很努力也很聰明，沒想到他居然讀得了全英文的書！

沒多久前才被李想唸過，所有人都低頭不敢發一語，唯獨譚子媛傻裡傻氣不懂得看氣氛，為了看清楚外文書上頭寫了什麼，她越來越靠近李想。

無聲的壓力讓李想忍無可忍，「妳來這裡是為了看我的書嗎？」

「不是啦，我只是很好奇自己看不看得懂上面寫的嘛。」

面對一臉惡狠狠的李想，譚子媛依然開朗，「對了，你想要讀哪所學校？台北第一志願的那所大學嗎？北部的國立大學有哪幾間呢……」

見譚子媛一臉單純，李想沉默許久，輕輕斂起謀，「我不會留在台北，也不會讀普通大學。」

聞言，所有人放下手邊工作，一臉驚愕地抬頭望向他，譚子媛臉上的笑容也漸漸消失，取而代之的是錯愕詫異，「……為什麼？」

「我會去台南，老闆介紹我去的學校。」他抬眸與譚子媛對視，「那裡培養了很多厲害的職業攝影師，我做過很多資料也問過很多人，考慮了很久才決定的。」

她沒想過李想那麼能讀書卻不打算讀普通大學，更沒想過李想會離開台北，可能是日子過得太過和平寧靜，這一切來得太突然，自己竟然會如此受打擊。

望著李想滿心期待的眼神，她一句話也說不出口，不知道自己究竟為什麼會感到難過不捨，其實內心是很不想要和李想分開的，又不能這麼自私，李想有自己想要走的路，他一定也是掙扎了很久才下這個決定的……

李想想要當攝影師，好像是在很久以前就一直沒有變動過的夢想，每個人都很清楚未來想要從事什麼工作，直直地走在決定好的道路上，但她睜開眼卻只有煙霧瀰漫……

為什麼自己……還是一點長進也沒有呢？

「要一起來嗎？」

李想的一句話喚醒了她，她傻愣地咦了一聲，李想泰然自若地將書闔上，「妳國中的時候不也是不知道該去哪，才跟著我來到這的嗎？」

他輕輕勾起唇角，「既然不知道要去哪，就一起來吧？」

因為不知道自己要何去何從、因為不相信自己，所以才會一直都維持現狀，直到遇到李想，才讓她這個不好學的孩子來到前三志願的高中，所以他希望此次譚子媛也一樣能夠以他為目標，勇往直前。

這讓她想起了之前父母離婚時，她和李想的對話。

「我真的不知道……我該去哪。」

「那就留在這吧。」

我真的能留在這嗎？真的能……留在你身邊嗎？那樣的我，真的能找到未來的自己嗎？

在內心掙扎了一番，譚子媛緩緩點頭，見她無聲同意，李想從包包拿出一疊厚重書籍，沉甸甸放在桌上，甚至能看見隨風揚起的層層灰塵，見譚子媛一臉疑惑，李想輕輕笑了，「加油吧，那所學校是南部的前三志願，隨便考是不會錄取的。」

前……前三?!又是一次前三志願？

這傢伙一定是故意不事先告訴我的！為什麼這傢伙要去的學校門檻總是這麼高呢？我真的有辦法考得上嗎？怎麼可以拿我這顆傻子腦跟他的天才腦比……

望著眼前堆積如山的書籍，譚子媛簡直欲哭無淚。

唉……看來之後的日子不好過了。

答應了要和李想考上同一間學校，立下了要拚了命準備考試的決心，譚子媛揮去一往的迷惘，在這一刻找到了目標，也代表她能夠奮不顧身地勇往直前，事不宜遲，她立刻拿起放在眼前的書籍，埋頭苦讀。

突然一陣安靜反倒有些不習慣，李想轉過頭望向譚子媛，才發現她非常專注於看書，還是第一次看見她如此全神貫注的模樣，和以往不成熟的譚子媛大相逕庭，現在看上去的她相當有魅力。

「這個單字是什麼意思？」她拿起書，伸出食指指向書上的一串英文字。

李想瞥了一眼，意味深長地對上她的目光，「愛。」

正巧她轉過頭望向他，眼神不小心對上，在一瞬間彷彿被他的眼眸吸引住，差一點就會跌進其中，她立刻僵硬地撇開視線。

「……愛不是love嗎？」

「那個有感情、情意的意思。」他從容不迫，一手撐著頭，側著身盯著她，「就是愛啊。」

譚子媛不知道自己為什麼如此動搖，明明只是在跟她講解單字意思，卻感到很不好意思，不知道是不是自己多想了？李想盯著自己的視線太過熾熱，無法與他對視，好像只要不小心對望就會被他投射出的陷阱抓住，譚子媛只好默默拿起書本遮住自己的臉。

見她因為自己的言行而感到不好意思，李想忍住了上揚的嘴角，卻掩蓋不住心中的高興，他總是很享受於這種時刻，即便譚子媛只是感到尷尬，至少她有意識到自己，這點就能夠使他滿足了。

不奢望能和她成為戀人、不期望她會給自己回應，只要能一直陪在她身邊就足夠，這樣微小的願望就是他最大的幸福。

他就是這麼喜歡她，喜歡到無可自拔的地步。

在所有人專注地埋頭苦讀的同時，時間很快地流逝了，一轉眼就到了下午，曾逸哲放下手中的筆，大大伸了懶腰，瞥向一旁的譚子媛和李想，李想認真地教導、譚子媛全神貫注地學習，這個畫面太過和諧，使他心中又悄悄浮起了一層薄薄的感觸。

努力壓抑住自己的想法，曾逸哲腦筋一轉，「啊～讀得好累喔，去買個飲料好了。」

「麻煩幫我們買三瓶可樂～」矮人比出拇指，有求於人就馬上變臉變語調，膚淺的三人，雖然心裡這麼想，但寧寧也跟著照做。

「啊、那我要泡沫紅茶……」寧寧才剛舉起手，話還未落，立刻迎來逸哲微笑回應，「一起來嘛？讀這麼久的書了，去外面走一走，讓眼睛休息一下啊。」

「喔……好像也是……」比起被說服，倒不如說逸哲的笑似乎順帶散發著壓力?!

「咦？你們要出去喔？那我也……」譚子媛原本想闔上書，馬上被逸哲阻止，「不用啦，李想不是在教妳嗎？」

譚子媛有些為難看向李想，他給予無情的眼光，「還不趕快把錯的地方都訂正五遍。」

「可惡……」她無法反駁，氣得咬牙切齒，只能乖乖捂著紅筆繼續訂正。

「要考上一樣的學校就要更努力啊，要站在李想身邊是不容易的。」逸哲開朗地露出燦爛笑容，動作溫柔地撫摸譚子媛的頭，給予她鼓勵安慰。

寧寧和其他三人都乖乖地闔起書本、站起身，唯獨方瑀沒有動作，她輕輕揚著嘴角，一臉就是看穿了曾逸哲想要做什麼，曾逸哲拿這種人最沒輒，或者說是很討厭，就是因為不想被看出來，才會訓練自己笑得越燦爛越能騙過人。

在方瑀面前，他感覺自己築的保護色瞬間成了透明，她看透了自己虛假的模樣，愜意自如的模樣好似在嘲笑，十分惹人厭。

明明最想嘲笑的人就是自己。

「你真的很愛沒事找事做。」方瑀在他耳邊輕喃一句，拿起放在椅子上的包包，走向寧寧身邊將她帶離現場，見狀，其餘三人也立刻跟上腳步。

那一句話，深深刺進他的心，隱隱作痛。

受了傷的小鳥沒有再度翱翔的信心，一旦被看穿了就沒有再築起保護色的自信了，明明笑容看起來那麼虛假，直到被人看穿了，他才深切體會到……

原來自己是那麼脆弱的嗎？

「我知道，我會加油！」譚子媛朝著他展露純真笑容，燦爛猶如太陽，彷彿一股暖流，溫暖地令人感到安心，「逸哲，謝謝你，有你真好。」

只要妳的一句話，就能替我的世界帶來一道曙光。

將她的笑容畫面盡收眼底，逸哲只是輕輕地勾起嘴角，再次將大掌輕覆在她頭上，「傻瓜。」輕柔的語氣，淡得幾乎快要消失在空氣中，留下兩個字，他壓抑住心中激動，快速離開現場。

見所有人都離開，眼前的長桌一下子幾乎全空了，突然感到有些空虛，譚子媛動作緩慢地放下手中的筆，發現眼前書上的文字變得越來越模糊，身子順勢趴了下去，「嗯……反正大家都不在，我先睡一下好了……」

「訂正完了沒？」

「一下下就好，等一下再……訂……」睡意瞬間朝她襲來，譚子媛趴在桌面上，聲音漸小，話都還沒說完便進入夢鄉。

見譚子媛才剛趴下沒多久就昏迷了，想必真的是讀得很疲憊，而她會這麼努力、這麼拚命，都是為了要追隨著自己的腳步，看著她奮不顧身地朝自己狂奔而來的模樣，令他感到無比動容。

朝著我來吧，主動靠近我吧……

來到我身邊吧。

想起了方才逸哲那副令人心疼的笑容，李想深不可測的烏眸黯然下來。逸哲是他最好的兄弟，有福共享、有難同當，只要逸哲開口，他什麼都能給。

他動作溫柔地捧起她的一縷髮絲，輕輕在上頭一吻，包含了他所有一切，最濃厚的感情，在此刻全部釋放。

什麼都可以給他，唯獨只有譚子媛——

「就只有妳，哪裡都不准去。」

譚子媛竭盡所能在準備此次考試，下了約定和決心，她就會全力以赴，就連身邊的人都被她影響，大家常常會像之前那樣約去圖書館讀書，除了假日會去圖書館和認真上課之外，就連下課去合作社的時間都省下來念書。

「啊！」譚子媛太專注於書本上，沒有注意到前方，直接撞上別人，她抬頭正準備道歉才發現是李想。

「不是叫妳不要邊走邊看？」

「哈哈……抱歉，因為太想搞懂這題了……」

李想彎下身，快速瞥了一眼她指著的題目：「……C。」丟下一個單音，又逕自走起自己的。

「C……？啊！是指答案嗎？等、不告訴我原因嗎？等一下啦——」

所有瑣碎的時間她都不放過，吃飯、洗澡、走路都不忘看書，只要她能看見的地方，房門、冰箱、浴室鏡子等等，上頭都貼滿寫了英文單字的便條紙。

見她勤奮努力，原本不相信她會成功的人反倒開始欽佩。

日復一日，每過一天就會在月曆上畫上叉號，以此警惕自己還剩多久時間，直到月曆即將被畫滿一半，所有人全力以赴的考試即將到來。

她緊張地整晚睡不著覺，即使是臨時抱佛腳也好、能再多記兩個單字也罷，就在今晚，她要將這半年來看的知識全部鎖在腦海裡。

從她開始準備考試的半年後，要驗收實力的這一天終於到來了。

她不記得自己是怎麼考完試的，最後一張考卷被收走她才回過神，驚覺自己緊攥著筆的手掌滿是汗水，發現考試已經結束了，強行拖著疲憊的身軀走出教室，她才像是靈魂被釋放一般，一下子倒在寧寧身上睡著了。

方瑀和寧寧互望一眼，忍不住笑了，她真的盡力了，這些努力大家都看在眼裡，也讓曾經嘲笑她的人刮目相看，譚子媛真的長大了。

考完試、距離畢業還有幾天，大家將長久以來的壓力一次發洩，拚命過後就是一陣狂歡，慰勞自己這半年來的辛苦，譚子媛對分數抱有信心，雖然考試當下她感覺自己隨時會昏倒，但試卷上的題目對她來說都不是難題。

就這樣，在一陣狂歡中迎來了畢業典禮，和去年目送小綠學姊離開一樣的地點，他們今天就要從這所學校畢業了，回想起來，自己從高二開始纏著李想，這兩年過得很快卻又充實，自從生活中有了李想，變得色彩斑斕。

最終要走出校門口的時候，譚子媛和方瑀、寧寧共同想了一個計畫，邀請了畢業生們一同站在廣場中央，一人拿著一顆氣球，倒數完一起放開氣球。

「三、二、一！」聽見指示，所有人放開手中的氣球，數百顆不同色的氣球同時間緩緩上升飄至空中，「哇——」彩色氣球飄在空中，替天空增添了無數色彩，場面相當壯觀，每個人都在此時忘了分離與不捨，只剩下驚嘆和感動。

「真虧妳想得到這個。」望著滿天氣球，李想不禁輕笑。明明是象徵結束的一天，在這一刻看起來天空卻是如此明亮，各種不同顏色的氣球在空中，看起來就像是彩虹一樣。

「不錯吧？」譚子媛回以他一個燦爛的笑容。

這是只有譚子媛能夠帶來的希望，溫暖感染在場所有的人，使站在廣場上的畢業生們臉上充滿幸福洋溢的笑容，就像能帶給他希望的人，也只有她一樣。

在這裡，曾經被欺負、被找麻煩，也曾經被保護、被幫助；在這裡，學會了知足、學會帶給別人笑容、學會對自己負責任。

在廁所前被刻意絆倒、在體育館的舞台上唱歌表演、在一樓走廊上與李想不歡而散、在操場和棒球隊們迎接李想的歸隊、在廢棄大樓被方瑪寧寧和逸哲拯救了，哭過笑過，走到哪都充滿了回憶，不管是壞的還是好的，都是令人難忘的。

高中生活，就在今天畫下了句點。

鈴聲從耳邊響起，擾人美夢。

「喂……？」譚子媛緩慢接起電話，半睡半醒無法集中意識。

「妳啊……一放暑假就每天睡到天荒地老。」電話另一頭是李想的聲音，有些低沉沙啞，充滿磁性而悅耳。

「嗯……怎麼了？」

「分發結果出爐了，還不快去看，順帶一提，我錄取了。」

「啊?!」像是觸電一般，譚子媛從床上跳起，睡意一下子全無，無法掩飾心中激動，不小心咬到舌頭，「太、太好了！雖然早就知道你一定可以，但確定錄取了還是超高興的！」

明顯聽見電話另一頭發出細微的笑聲，但很快地又回到原本的語調，「妳的分數不是也不錯？錄取的機率應該很大，還不快去看。」

「嗯！等會再打給你！」她快速丟開手機，興高采烈地衝到電腦前，手忙腳亂地點開網頁，眼神快速掃過頁面、尋找她目標的學校。

找到了！她排在第一志願的大學。

李想已經確定錄取，他也說自己錄取的機率非常大，只要考上，就能夠和李想一起去了！

雖然對自己有信心，手心仍不自覺冒汗，為了抑制緊張感，她開始做起深呼吸，心臟大幅跳動。

帶著既期待又怕受傷的心情，目光緩緩移到最後面的文字——

未錄取。

第二章

簡直無法用言語形容的失落。

她是太高估自己了，還以為分數比李想低一些的自己也能攀上那堵牆，殊不知比自己爬得高的人多得是，就在看到「未錄取」三字時，信心在一瞬間被擊潰。

譚子媛被分發到她填的第五個志願，北部的私立大學，名聲不錯，排名也是很前頭，仍無法彌補她心中的空虛，悄悄埋藏在她心中的空洞，逐日漸大。

送李想離開台北的那一天，譚子媛還是不想相信李想真的要離開了，而自己就是因為能力不足才無法與他並肩同行，努力抑制住失落和不捨交雜的負面情緒，她一如既往地展露燦爛笑容，與大家嬉笑怒罵。

「盥洗用具應該都有帶吧？換洗衣物有多帶幾件嗎？雖然食物可能會吃不習慣，也不要都吃微波食品或泡麵，那樣很不營養……啊！還有，南部太陽很大，不要忘了防曬喔！」方瑀從自己包包內拿出防曬乳液，遞給李想，李想無奈地看著手中的罐子，這個不和諧畫面使人看了忍不住捧腹大笑。

「媽咪……妳這個媽當之無愧啊，居然連對李想都可以……」寧寧一邊捂住嘴，努力憋笑的聲音還在顫抖。

「沒辦法啊！第一次有朋友要跑這麼遠，太擔心了嘛……」

「我可以理解她的想法，居然會有四年見不到李想，真的太久了啦……會不會回來的時候長到兩百公分？」矮人開始幻想，屆時回來的李想會不會整個人煥然一新，例如胖到滿臉油光？或是眉毛變得濃厚到讓人認不出來？

「你先長到一百七再說吧。」此言一出，立刻引來嘻哈和眼鏡男無情的吐槽。

見大家有義氣地來送他一程，又想到以後很難見到大家聚在一起、嘻嘻哈哈的畫面，心裡百般交雜，李想輕輕揚起嘴角，「放心吧，有節日我都會回來，尤其過年一定會回來，不至於會到四年後才見到我。」

聞言，明顯見到在場的所有人悄悄鬆了口氣，上了大學後，也許大家各忙各的就鮮少會再聚在一起了，但是李想回來，大家想必一定會特地空出時間約出來。

分離真的是件令人不捨又難過的事啊。

「等你回來再約棒球囉。」逸哲舉起拳頭，李想馬上跟著動作，將自己的拳頭輕輕碰上他的，立下了兄弟間的約定。

李想的目光移到一旁的譚子媛身上，原本還在發呆的她感受到李想的視線，立刻回過神，硬是揚起一如往常的笑容，「怎、怎麼了嗎？」

李想沒有給予回應，只是默默注視她，太過直接的視線盯得她渾身不自在，譚子媛移開視線，輕輕垂下頭，想到方才的自己還笑著，若是被看出來在逞強，豈不是很丟臉？

不想要被看出來，尤其是李想……為什麼什麼話也不肯說？安慰、客套話什麼都好，「別氣餒！」、「妳已經盡力了！」之類的……即使無關緊要、即使沒有效用都無所謂！

什麼也不說，就像是對我感到失望啊……

沉默使空氣變得稀薄，彷彿自己即將被負面陰霾吞噬，突然感受到一股溫度從臉頰兩側傳來，譚子媛被嚇了一跳，定睛一瞧才發現李想一下子捧起自己的臉龐，將她原本低著的頭抬高。

「今天天氣明明那麼好，為什麼要一直低頭？」

天……天氣？與李想對視的她沒有馬上反應過來，先是愣愣地眨著眼睛，隨後視線慢慢移動至李想的身後……

一片湛藍色映入眼簾，天空就像是畫布，一抹淡淡雲彩在空中渲染，高掛在天上的太陽如花朵綻放，陽光灑落，在她眸中發亮。

啊、真的……天氣真好……

內心不自覺悄悄呢喃，明明天氣這麼好，天空這麼漂亮，一直低著頭的她完全沒有察覺到……眼眶瞬間被蔚藍佔滿，心情似乎也在這一刻變得豁然開朗了起來，見譚子媛的心情似乎慢慢平復，李想才將手從她臉上移開，「臭襪子跟乾淨的衣服一起洗，整桶都會臭掉，妳整天臭著臉，心情也會跟著臭掉。」

這是……她曾經說過的話？沒想到自己講得亂七八糟的道理會被李想拿來引用，尤其從李想口中說出來特別搞笑，譚子媛驚愕之餘忍不住噗哧一笑，「什麼啊……」

見她笑了，李想嘴角不禁輕輕揚起，果然這樣的譚子媛才像譚子媛，總是被拯救的自己終於也能替她做些什麼，心中感覺到一股暖流流過，他舉起手輕輕覆在她頭上，「等我回來。」

譚子媛愣了半晌，感覺到覆在頭上的溫度消失了，眼見李想轉身準備離開，一瞬間，她竟然興起了想要攔住他的衝動，稍縱即逝。

大家目送李想上了火車，譚子媛大力揮著手道別，「記得到台南要傳簡訊給我喔！」一邊高舉著手機，示意要他記得與她聯絡。直到聽見響鈴聲，她原本高高舉起的手也緩緩放下。

因為沒有力氣了才放下的。

她覺得自己已經盡力了，明明這麼努力、這麼拚命往前衝了，為什麼還是和李想距離這麼遙遠呢？

這班火車，不是我能搭的，沒有多出任何一個座位，沒有我的份。

怎麼會這麼容易就被打敗了呢？還要李想費盡心思安慰自己……看見他安心地笑了，只覺得自己很難受、很丟臉。

「如果我變得跟你一樣呢？」

「那也要妳做得到。」

我真的做不到，再怎麼努力也無法像你一樣。

從這裡，走到李想站的車門口，明明只需要幾步，她卻感覺自己已經疲憊得無法再抬起腳步，想就這樣在原地目送車門關上，直到李想的身影漸漸消失。李想真的離開了，強忍著留戀一樣地離開了，然而譚子媛依然站在原地，兩人的距離就像現在這樣，越來越遠。

空氣好像在這一刻變得有些冰冷。

從枕頭旁傳來了鈴聲響起的音樂，譚子媛從睡夢中慢慢甦醒，輕輕將手機覆在耳上，還未開口，從話筒另一頭先傳來了活力十足的聲音。

「早安啊！今天是美好的假日，要不要跟美女去跑步啊？」

喔……今天是假日來著嗎……譚子媛努力睜開眼，瞥了一眼桌上的月曆，自從考完試就沒有再動過它，失去了過一天就畫一個叉號的習慣，頂多會將它翻到當月的頁面。

「可以拒絕嗎？我還想再睡……」將手機拿離耳邊，譚子媛強制拒聽寧寧的邀請，只聽到從話筒另一邊傳來吶喊，聲音大到爆音。

「休想拒絕！我已經到妳家門口了！給我滾出來，不要逼我強行進入屋內把妳拖出來喔！」

譚子媛迫於無奈，只好認命地穿上衣服，出門和寧寧一同慢跑。

自從李想離開台北之後，譚子媛就失去了過往的朝氣蓬勃，以前的活力就像一杯滿滿的水，每天都是溢出來的狀態，現在大概只剩下一半，寧寧和方瑀很擔心她，時常會拖她出門散散心。

她很清楚自己給身邊的人添了多少麻煩，甚至還讓大家替她操心，自己卻沒有能力改變現狀，就是因為很清楚又無法改變，所以更加難受。

至於和李想還是有聯絡，偶爾會通電話，靜靜聽著李想在台南的生活，遇到了什麼樣的人、又學到了什麼新的技術和知識，每次聽他用著無所謂的態度卻總是說得長篇大論，譚子媛很清楚他只是在不好意思，其實與她分享自己的生活時他是很享受的。

譚子媛甚至開始覺得這樣的日子可能也不壞，也許上天就是這樣注定，要她遵循這樣的日子生活下去，說不定這樣才是正確的，她總是這樣安慰自己，要自己接受命運。

李想的老闆有朋友在台南開攝影工作室，介紹他去那裡工作，和以往一樣半工半讀，認真學習的他變得相當忙碌，鮮少回訊息、通話也減少了，這令她感到沮喪，尤其是拿悠哉的自己和努力的李想比較，簡直不堪入目。

自從學測之後，她眼前的目標就瞬間煙消雲散了，現在的她就和以前沒兩樣，漫無目的、不知道自己要做什麼，李想繼續奮力地往上爬，而自己還是在原地踏步。

她很清楚自己不能繼續這樣下去，她很清楚，只要再不脫逃就會陷進泥沼裡，但是力量卻已經像是用完了一樣，自己將會慢慢睡著，直到完全被吞噬。

——誰快來把我打醒吧，就像李想曾經做過的那樣，將我打醒吧。

坐在咖啡廳內，方瑀與曾逸哲面面相覷，整個空間瀰漫著咖啡香，望著營造出皇室氣氛的精緻布置，她不禁在心裡悄悄驚嘆，以前來這裡的時候從來沒有仔細看過，原來這裡的裝潢相當有質感。

方瑀動作優雅地拿起眼前的咖啡杯，「還記得以前是和寧寧還有小媛來這裡的，明明小媛只喝牛奶還硬要來咖啡廳，然後就遇到了在這裡打工的李想。」

當時的李想很不順她的眼，她印象很深刻，小媛從那時候就相當在意李想，嚷嚷著要讓他回到棒球隊，甚至說了明明他就很想回到棒球隊，為什麼要讓自己這麼痛苦呢？這樣的話。

然後就被她罵了，她要小媛不要多管閒事，自以為清楚李想的處境，卻沒想到小媛比她更加清楚，正是因為太清楚了，才不願讓傷口繼續這樣擺著惡化，令人跌破眼鏡的結局，李想敗給了她，真的回到了棒球隊。

小媛輕易地走進了李想的心裡，一眼就看穿了偽裝自己的他，用她的單純和溫暖包容、接納了他，將大家都認為是黑色負面力量的李想洗滌了一遍，才煥然一新成了現在的他。

「這麼想起來，我好像有喜歡過李想，國小的時候吧。」

「……真的假的？太勁爆了，妳明明之前就那麼討厭他。」逸哲險些被咖啡嗆到，他不敢置信地看著眼前的人，講出來的話永遠都是那麼嗆辣。

「因為他以前很開朗單純啊，也常常主動來找我玩，直到家裡發生了那些事，他的個性一百八十度大轉變，我對他的喜歡也是直接從最高點跌到谷底。」似乎是想起過往回憶，她的神情變得溫和，手指輕輕玩弄著咖啡杯，「但是現在的他也挺好的。」

兩人之間突然一陣沉默，發覺空氣變得些許凝重，方瑀抬眸望向曾逸哲，一副若有所思，想必又是在想著小媛的事吧，畢竟沒有考上台南的大學，大家多多少少都感覺得出小媛的沮喪。

「小媛真的很想跟李想讀同一間大學吧，只為了李想的一句話，她就那麼拚命……雖然還是裝作一副無所謂的樣子，但是沒有考上她一定很失望，笑也感覺很勉強。」腦海悄悄浮上那兩人的身影，逸哲意味深長地垂下眸。

「難道你很希望她去？」方瑀輕輕挑起一邊眉，心裡卻是百思不得其解。說那什麼傻話，笑得勉強的人，你不也是其中之一嗎？無視自己的痛苦在背後推人家一把，事到如今想的依然是別人。為什麼要為了喜歡的人做到這種地步呢？即使身負重傷，也要親眼看見她得到幸福的那一刻嗎？

逸哲輕輕放下手中的咖啡杯，原本若有所思的模樣瞬間轉變，他輕輕揚起笑容，抬起眸望向方瑀，烏黑瞳孔清澈地彷彿在閃爍，「我知道她想去，所以我希望她去。」

他的笑容在她眼裡看來是勉強又虛假，但眼神卻無比堅定，沒有半點猶豫，稍稍動搖到她的心。那種只為了喜歡的人著想的心態，太傻了，壓抑住從心裡蔓延的酸楚，方瑀忍不住笑出聲。

原來，談了戀愛真的就會變得無藥可救啊。

「我知道你很喜歡她，但也要想到自己吧，不要當媒婆還沒成功就先搞得自己遍體鱗傷了，可沒有人會管你。」方瑀緩緩起身，將幾張鈔票放至桌上，臉上的笑容依然沒有消失，「不過受傷了倒是可以來找我，我家有很多醫藥箱。」

見方瑀離去的瀟灑背影，總是那麼威風凜凜的姿態，說出那麼安慰人心的話，不就像是默默在背後推著我向前走嗎？

突然覺得有方瑀在挺好的，雖然一開始對她反感，現在卻因為有了她，感到自己並不是一個人，還能像現在這樣與人交談，因而找到發洩的出口，甚至得到救贖。

如果真的受傷了，就去找妳療傷吧。聽了這樣充滿溫暖的話，還能不勇往直前嗎？

逸哲毅然決然拿出手機，點到譚子媛的聯絡資訊頁面，拇指在上頭敲了幾下，打了完整的訊息，他垂下眸盯著螢幕半晌，深吐一口氣，按下傳送。

看著螢幕上顯示「傳送成功」四個字，曾逸哲的緊張害怕在一瞬間解放。

夜色漸濃，他就這麼低著頭沉思，聽著自己的呼吸起伏漸漸平穩，坐在座位上毫無動靜，直到咖啡店打烊。

如往常只有一人在家的夜晚，一樣獨自窩在房間裡，譚子媛懶洋洋地趴在毛絨大玩偶身上，一手拿著遙控不停切換頻道，找不到一台能引起她興趣的節目，隨便轉到一台談話性節目，只是靜靜聽著藝人們在說話的聲音，就能使她感到不孤單。

她起身走到衣櫃前拿出換洗衣物，邁開步伐準備進浴室洗澡，放在床頭櫃上的手機突然響了兩聲，引起了她的注意，她走上前探頭查看。

看見螢幕上顯示了「明天有空嗎？」簡單五個字，是逸哲傳來的訊息，令她有些訝異，逸哲幾乎不會單獨約她出去，不知道是有什麼重要的事？又或者只是想和她出去玩？

她爽朗地回了「有呀！」，雖然滿肚子疑惑，但見了面就會知道了。

「那上午十一點到我們高中的操場集合喔！」

要回母校嗎？這麼說起來，加上暑假和大學開學也畢業了快半年，明明還未到一年卻感覺好久啊……果然只要離開喜歡的事物就會感覺一日不見如隔三秋嗎？

「那要去對面早餐店光顧嗎？」還記得以前她都會和李想一起到那家早餐店買自己的早餐，因為李想會先行在家吃過，一開始都要她強迫，他才肯留下來等她，到後期李想都會主動走到早餐店前幫她點餐。

他都會記得她喜歡吃豬肉漢堡，不要加番茄，外加一杯奶茶。

「如果妳不介意的話，不過我們應該已經可以吃午餐了？」逸哲隨後附贈了一個長得像豬的醜陋章魚貼圖，歪著頭、嘟著嘴裝可愛，頭上還有個大大問號，譚子媛一看見立刻忍不住噗哧一笑。

「這貼圖和你好像。」她開了小玩笑，立刻收到逸哲傳來的貼圖。

這回是暴怒的花俏河馬，旁邊寫著「放肆！」，又傳了一個諂媚的河童貼圖，旁邊寫著「您真幽默」，馬上逗得譚子媛哈哈大笑。

低頭敲打著螢幕，臉上笑意久未消去，不知不覺和逸哲聊了起來，心情也變得輕鬆愉快，譚子媛一下子將要洗澡的事拋到雲霄之外，因寂寞而開啟的電視聲也不再傳到耳中。

她開始期待明天的見面。

譚子媛意外地起了一個大早，距離約定，時間還很充裕。

她坐在化妝台前，看著桌面上排列整齊的化妝品，沒什麼經驗的她毫無頭緒，頂多只會簡單地打個粉底，拿起眼線液和睫毛膏，她思忖半晌，最終放回原位。

果然我還是簡簡單單就好了，就是這樣才像譚子媛。

和其他女孩子與眾不同，少了化妝需要的時間、沒有充滿女人味的碎花洋裝和高跟鞋，譚子媛穿上素色T恤和吊帶短褲，配上帆布鞋，帶著一身自然輕便出了門。

從家裡到高中的路變得有些生疏，明明三年來都是走著同一條路，明明只是事隔幾個月，看到的畫面卻截然不同了，轉角過後就會看見李想的家，幾個月前還要走上樓去到門口等他，現在卻已經沒了再去按門鈴的理由。

即便門敞開了，也不會見到李想，不會看到他將阿姨準備的便當給自己，還一臉無所謂地說：「只是煮多了才順便給妳帶一份。」，也不會聽到他說：「我比較喜歡自己走。」，卻還是貼心地配合她的步伐。

漫步在曾經與李想一起走過的路上，能夠感受到心中的空虛越來越濃厚，這一條路已經充滿了與李想的回憶，即使自己再走一萬遍同樣的路，想起的依然是李想就站在身旁的畫面。

彷彿只要停下腳步，就會聽到李想用無奈帶點戲弄的語氣說：「怎麼了？太餓了走不動了？」

總是這樣嘴上不饒人，好像下一秒就會因為嫌麻煩而丟下她，一臉再不耐煩，他還是會朝她走來，李想就是個口是心非的傢伙，就是這麼溫柔。

望著似乎走不到盡頭的漫長道路，譚子媛此時才意識到，原來這條路這麼冷清，竟然只是因為李想不在這裡了，一下子變得如此空蕩。

只留她一人還站在回憶裡，不知道該如何是好。

斂起留戀的視線，譚子媛快步朝學校前進，她低頭望向手錶，離約定的時間還早了一個小時，總之就先到學校裡面晃晃消耗時間吧！

進到校園，一眼望去，懷念和不捨立刻湧上心頭。

譚子媛走在操場旁的廣場上，迫不及待馬上到教室看看，正準備繼續邁開步伐時，突然有什麼東西碰到她的腳邊，她低頭查看，是一顆棒球。

感覺已經不只是似曾相識，百分百就是那個人，她倏地抬起頭，果真看見曾逸哲朝氣十足朝她奔來，汗水順著他的臉龐慢慢滑落，跑到她面前，逸哲臉上的笑容依舊燦爛，與灑在她身上的陽光一樣耀眼，「不是約十一點嗎？這麼迫不及待？」

「你也是啊，這麼早到這裡做什麼？」沒有想到兩人這麼有默契，都提早到了目的地。

「嗯……就是……太緊張了所以睡不著……」沒有想到譚子媛會反問他，接招接得有些手足無措，「為了清醒一下就去跑了幾圈。」

難道逸哲是郊遊前一天會緊張得睡不著的類型？譚子媛不明所以地歪著頭，「又不是第一次見面，為什麼要緊張？」

「……因為是第一次約妳啊。」逸哲感到不好意思地搔了搔頭，臉頰微微泛起紅暈，「想到只有兩個人就很緊張，怕不知道要說什麼，還有……怕妳會覺得跟我出來很無聊。」

鮮少看到逸哲動搖的模樣，甚至不知道原來他也會想這麼多，感覺好像看見了不一樣的曾逸哲，只有兩人面對面的此刻，氣氛也與以往截然不同，看著逸哲不好意思的模樣，譚子媛也跟著彆扭了起來。

一陣子未見就感到有些尷尬，以前都是怎麼跟逸哲相處來著？好像從一見面就是自己先朝氣蓬勃地舉起手打招呼，然後就是拚命地說著自己的，逸哲不但沒有厭煩，反倒眼帶笑意地看著自己，現在想想，那雙柔和眼神，現在也未曾改變。

「啊，對了，棒球……」譚子媛忽然想起方才滾到腳邊的棒球，彎下身拾起球遞給逸哲，將球放到他手上的時候，默默輕喃了一聲：「其實我也是……有點緊張。」

逸哲訝異地望向她，譚子媛難為情地臉紅了，因為害羞而不敢對上自己的視線，慌張模樣看在他眼裡甚是可愛，逸哲忍不住上揚的嘴角，感覺這一刻彷彿空氣中瀰漫著甜甜的香氣，使人不禁感到放鬆。

「原來我們一樣嗎？」逸哲又恢復了以往的溫和笑容，譚子媛也跟著輕輕笑了，果然不管過了多久，大家都還是大家，逸哲也還是逸哲，即使畢業了、許久未見，我們之間的感情也不會改變。

「我以為你約我出來是要說什麼重要的事，結果是想打棒球嗎？」不過如果是打棒球，何必找她呢？明明她就連一顆都打不到……

逸哲輕輕垂著眸望著手中的棒球，臉上的笑意未減，「妳還記得之前答應李想的約定嗎？」

當時費盡心思要勸李想回到棒球隊，好不容易李想妥協了，立下了一個約定，只要她能夠打出一顆球，就願意空出時間和大家一起打棒球，雖然不是「回到棒球隊」，但對他們來說已經足夠了。

因為知道李想喜歡打棒球，因為知道大家都殷殷期盼他的歸來，譚子媛拚了命練習，就是希望能夠讓李想好好地看看自己，不要再選擇逃避。

「最後他還是被妳屹立不搖的堅持感動到了，甚至回了棒球隊……」逸哲望向譚子媛，眼神中充滿堅定，「我真的要感謝妳，這是我高中以來收到最好的禮物。」

沒有想到自己的舉動能夠帶來如此大的變動，甚至能夠成為一個人心中最美好的回憶，譚子媛在心裡悄悄感動，幸好自己有這麼做，當時有堅持住真是太好了。

逸哲微微傾身對上她的視線，揚起戲謔的笑容，「李想……跟妳告白了吧？」

「你、你怎麼會知道?!」譚子媛驚訝地倒抽一口氣，不敢置信地瞪大圓滾的眼睛，難道媽咪跟寧寧到處宣揚了？還是李想自己告訴逸哲的？

「用看的就知道了啊，升上三年級的時候對吧？那陣子妳對他的態度變得很奇怪，好像很尷尬的樣子。」

這麼說起來，當時因為被李想告白實在太過訝異，的確是一直想躲避他，何況她一直將李想當作是好朋友，明明平時都對她那麼壞，怎麼會突然說什麼喜歡……而且後來她為了考試而埋頭苦讀，都把這件事給忘得一乾二淨了。

「那妳呢？」逸哲的神情轉為認真，「妳……喜歡李想嗎？」

一瞬間，周遭似乎變得寧靜了下來，風從兩人之間呼嘯而過，時間彷彿停滯了，她啟唇欲言，卻不知道該如何回答。

小綠學姊也問過一樣的問題，問題反覆在耳邊迴盪，就像是在問自己，我喜歡李想嗎？

無論當時還是現在，她始終給不出一個回答，不管是給他們，還是給自己。

「抱歉，我不是想讓妳為難，也不是要妳現在就得出答案，只是希望妳可以好好地想想，慢慢來就好了。」眼看譚子媛面有難色，逸哲溫柔地安撫，為了轉移氣氛，他又恢復以往的笑容，舉起手中的棒球，「當時妳沒打到球吧？要再來試試嗎？」

「……我、我要試！」譚子媛激動地雙手握拳，不自覺提高音量，發現自己的熱情引來了路人的目光，她才有些不好意思地垂下頭，見狀，逸哲忍不住開懷大笑。

從逸哲手中接過球棒，譚子媛突然愣了半晌，忍不住好奇詢問：「不過……為什麼你會突然邀我出來打棒球？」明明整個暑假都沒有見過面的，這個邀約太突如其然，令她摸不著頭緒。

逸哲意味深長地笑了一下，「……因為我知道妳很不甘心啊。」

譚子媛不明白他的語中之意，才準備要開口再詢問時，逸哲已經逕自做起了暖身操，譚子媛還有些愣愣地，為了不受傷也跟著暖身。

見她一副好奇卻又不敢開口問，只好乖乖地跟著他的動作，逸哲忍不住輕笑，「如果妳打中了一球，我就告訴妳一個祕密。」

「祕密？」

「嗯，只有方瑀跟李想知道的。」

「什麼祕密啊？為什麼只有你們三個知道！」這三人什麼時候混得這麼熟了？居然還藏有祕密，太不把其他人當朋友了吧！

「如果妳打中了，就是第四個知道的人了啊，但是只有三球機會喔。」逸哲調皮地朝她挑了眉，轉過身與她拉開距離。

譚子媛實在太好奇，逸哲的一句話便燃起了她的鬥志，她拿起球棒，朝著在空中揮了幾下，突然有種一定能夠成功的信心，她朝著逸哲點頭，示意自己已準備好。

逸哲抬起左腳做出準備的姿勢，下一秒左腳踩地、將球扔出，看得出他盡可能地減輕力道，球還是快速筆直地衝了過來，譚子媛還是不注意犯了之前的錯誤，因為害怕而緊閉雙眼，朝空氣用力一揮，就連球的邊也沒碰到。

可惡，明明上一秒才叫自己不要緊張的，一看見球朝自己飛來就不由自主閉上眼睛了……譚子媛在心裡暗自反省，還有兩球機會，下一次一定能打到！

逸哲再次投出球，譚子媛努力盯著球的動線，球速意外地快，揮出棒的時候為時已晚，又是一次揮棒落空，聽見球落在身後發出「咚」的沉重聲響，譚子媛不甘心地咬起指甲，低頭沉思了起來。

「要放棄了嗎？」見譚子媛垂下頭沒有動作，不知道是在深思熟慮什麼，逸哲揚起嘴角，興起了戲弄她的衝動。

「沒有！還有一次機會啊！我已經抓到感覺了，下一次百分之百會打中！」

譚子媛一臉認真，揮棒落空時還會有可惜的表情，這一切逸哲看在眼裡，忍不住笑意，這可能是第一次譚子媛主動想要知道他的事，感覺就好像為了自己而這麼努力，他似乎多少能夠體會，李想究竟有多樂在其中了。

他就是喜歡，如此堅持不懈又開朗正面的譚子媛。

「就快要成功了，加油。」逸哲用只有自己聽得見的音量輕喃了一句，再次將球投出，希望這顆球能夠帶著自己的心意，一起傳達到譚子媛那裡。

球來到譚子媛眼前的那一瞬間，她想起了李想說過的話。

「球接近的時候轉換重心，向前跨步，揮棒時，球棒保持平行！」

「球朝自己飛來的時候不要怕、不要閉上眼，全神貫注在投球手的動作上，要相信自己一定打得到。」

李想，在這一年，我真的有成長嗎？

現在的我有沒有能夠站在你身旁的資格呢？若我再努力一次，是不是就能追上你的腳步了？

我好像……真的很想一直和你在一起啊。

「鏘——」一聲清脆響亮震入耳中，餘音久久未平息，蔓延至心裡。

「打……打到了……」她不敢置信，目瞪口呆看著球飛越草皮，落在遠處的叢木中，才漸漸有了實感，這次沒有李想的幫助，她靠自己的雙手擊出棒球了！

「快許願！」聽見逸哲慌亂的呼喊，她一瞬間手足無措，腦袋一片空白。

「許願?!」原本還一頭霧水的她，腦中突然閃過回憶畫面，有一次在籃球場遇到了逸哲，逸哲給了她一顆神奇籃球，只要進籃就會實現願望，她許了願，最後真的實現了。

「我希望……李想可以再打一次棒球！」

所以這一次，一定也能夠再實現的……

「我……」努力壓抑住激動的心跳聲，她握緊雙拳，朝天空放肆大喊：「我希望自己變得更強！強到有力氣追上李想的腳步、強到能夠抬頭挺胸站在李想身邊……」

不自覺地，她小巧的臉龐悄悄滑落一行淚，「強到可以一直和李想在一起！」

見譚子媛奮力地朝著天空吶喊，像是深怕神聽不見她的願望，甚至激動地忍不住落淚，能夠透過她的聲音完全地感受到她的心情。太瘋狂了，那聲大喊不僅傳到了天上，同時也震撼到了附近的人，引來了異樣的眼光，見狀，曾逸哲忍不住捧腹大笑。

「太貪心了吧！」

看著曾逸哲發自內心地開懷大笑，譚子媛也不禁跟著一起開朗地笑了，完全沒有意識到依然掛在臉上的淚痕，兩人就這麼面對面地笑得不可開交。

在同一個地方，同一個位置，同樣的兩個人，當時逸哲也是像這樣站在她的面前，拚命地陪她練習，耗費好久時間，仍然一個球都沒打到，明明就是連球的邊邊也擦不到的新手，幾乎毫無希望，逸哲還是一樣笑著說：「感覺快要成功了。」

雖然當時失敗了，李想還是如願回到棒球隊，但是譚子媛依然感到失望，如同這次的考試一樣，明明練習了那麼多次，身邊的人都給予期待和支持，抱著一線希望，最終還是失敗了。

逸哲看透了她的心有不甘，今天才會邀請她來到這裡，想要告訴她勇敢地再試一次，再去努力一次，也許結果就會大不相同。如此溫柔的一句話，如此溫暖的一個人，千辛萬苦只為了將她的絕望掃去。

能夠找回原本開朗樂觀的自己，全都是逸哲的功勞。

「三球中一球，成功！把你們的祕密交出來！」譚子媛跑到逸哲面前，調皮地朝著逸哲伸出手。

「好吧，我說。」逸哲無奈地搔了搔頭，高舉的手緩緩放下，他對上譚子媛的視線，有些認真的表情使譚子媛跟著有些緊張，逸哲嘴角輕輕揚起，將言語化為雲淡風輕，「其實……在朝會時妳昏倒的那一次，不是我把妳抱去保健室的。」

譚子媛原本揚起的嘴角漸漸平行，取而代之的是認真，即便不用從逸哲口中得到答案，心裡再清楚不過。

「妳一定也知道是誰了吧？」見譚子媛沒有疑問，逸哲將事實娓娓道來，「李想他……那時候在領獎，好像早就注意到妳的樣子不對勁，下台時走得特別快，妳倒下去的那一刻他正好趕上。」

原來昏倒前看到的畫面並不是假象，李想的腳步似乎變得急促，朝著這裡快速地走來，即使只看著步伐也能感受得出他的著急，原來都是為了自己嗎？原來他一直都在注意著自己嗎？

「那為什麼……要騙我是你帶我去保健室的呢？」

曾逸哲輕輕嘆了口氣，「是李想拜託我的，他說如果被妳知道了，可能會覺得反感。」

當時兩人吵了一架，李想說的話像把刃在譚子媛心臟上胡亂揮舞，使她忍無可忍地哭著朝他咆哮，沒有想到事後李想非常地懊悔，甚至害怕譚子媛會對他感到反感。

「在火場救妳的那次，妳向我道謝，說這是第二次被我救了，當時我有點愧疚，我並不是妳想像中那麼溫暖的人……我也有對妳說謊的時候，雖然掩飾得很糟糕。」

「你還對我說過其他謊？」譚子媛覺得訝異，雖然他說掩飾得很糟糕，她還是完全沒有察覺到呀！

「好像滿多次的喔，我有一個只要說謊就會吸鼻子的習慣。」逸哲無奈地輕輕笑了，想在這一刻告訴她，將曾經不敢說的一句不漏地傳達給她。

這麼一說，譚子媛才想起，最初她問李想為什麼會退隊，逸哲明明知道原因卻撒謊了，還有送她去保健室這件事也是，都是為了守護李想、為了幫助他，才會選擇去做說謊這種令自己討厭的行為。

「唉呀～這些也不算是什麼祕密啦，事情都過了也就算了……不要太在意啦！」

「這不是祕密，我還沒說。」

嗯？原來還沒說啊……看著逸哲有些肅然的神情，譚子媛開始感到緊張，到底是要說什麼呢？是好事還是壞事呢？為什麼逸哲看起來這麼嚴肅？

曾逸哲直盯盯地望著自己，烏眸猶如黑洞深不可測，簡直快將她吞噬，她無法移開視線，壓抑住激烈跳動的心跳，只能屏氣凝神等待。

眼看譚子媛像隻待宰羔羊，緊張得不敢動彈，逸哲將方才撿回來的棒球拿出，低頭在球上一吻，邁開步伐走到譚子媛面前，將棒球輕輕覆在她頰上。

「什麼感覺？」

譚子媛不知所措地眨著眼，愣了半晌才緩緩回答：「……冰冰的。」

逸哲忍不住笑了，原本緊繃的氣氛一下子煙消雲散，無法壓抑從心底蔓延的濃厚情感，雖然曾經想扼殺這樣的感情，但在此刻卻更加清晰了，譚子媛的單純使她看不見烏煙瘴氣，即便別人是有意的，都會被她認為是無心的，好似她有著能將世界淨化的能力。

傻裡傻氣的她、充滿朝氣的她、拚命想將李想帶回棒球隊的她、失敗了數次仍不懂放棄的她，在他眼裡總是那麼耀眼，面對這樣的她，自己果然還是……

「喜歡妳。」

一陣輕得幾乎快被風吹走的嗓音，在此刻聽起來是多麼悅耳動聽，輕描淡寫著所有感情。

「我……又被你救了……」

「……我才是。」

是我，被妳拯救了。

一副雲淡風輕的模樣，其實他相當緊張，感覺一瞬間周遭都寧靜了下來，能夠聽見自己的心跳，清晰地不停在自己耳邊徘徊，空氣也變得稀薄。

果不其然，譚子媛跟他想像中的反應一模一樣，瞪大雙眼、張大嘴，像是靈魂被抽離一般，就連反駁說：「不要開玩笑了啦～」的力氣也沒有了，面對整個人傻住的譚子媛，曾逸哲並沒有灰心喪志，反倒在心裡悄悄高興，自己終於有這股勇氣說出來。

「我從來沒有對誰說過，只有李想和方瑀眼睛比較尖，在他們面前我只有被看穿的份……原本沒有打算要說的，但是現在是時候了。」他直視她，透澈烏眸毫不掩藏訴說出自己的想法，「我知道現在妳很消極，所以才會特地約妳來這裡，想要把我的勇氣分給妳，找回以前那個堅持不放棄的譚子媛。」

譚子媛傻愣地佇立在原地，一副不敢置信，「為了……我？」

曾逸哲點點頭，抬起譚子媛的小手，將棒球塞進她手掌中，「一定可以實現的，妳的願望。」

他輕輕抬起眸，同時也揚起一如往常的笑容，「因為我也許了願，是希望妳的願望可以實現。」

愣愣望著手中的棒球，譚子媛驚覺自己的眼眶開始發熱，想到逸哲長久以來的單相思，因為顧慮李想而遲遲不敢開口，一直悶在心裡的難受、最終還是為了鼓勵她才鼓起勇氣告白。

逸哲他總是笑笑的，卻不是什麼感受都沒有，藏在他笑容身後的，竟然是她從未察覺到的情感。她竟然什麼都不知道……不知道逸哲的心意，不知道他是抱持著愛戀的心情在看待我。想起每當他朝著自己笑了，對他而言卻有可能是一次次傷害，譚子媛感到一陣心酸，思緒還一陣混亂，淚水已無法控制地在眼眶中打轉。

她顫抖著雙唇，發出帶點哽咽的嗓音，竭盡所能想說點什麼，卻立刻被逸哲制止。

「妳什麼都不用說。」逸哲輕輕垂下眸，嘴角上的笑意依然未減，「我告白，不是為了聽妳的答覆，只是想要讓妳重新振作，就這麼簡單而已。」

在她消極喪志的這段期間，一直讓他擔心了，特地做了今天這場戲也是為了幫助自己拾起信心，不需要任何回覆和報答，只想要看見她繼續抬頭挺胸向前走。

即使到了最後一刻，依舊將願望送給她，如此溫柔的一個人。

「不要迷惘，就像我現在一樣，下定決心了就向前衝吧。」再次抬起眸對上譚子媛的目光，逸哲打從內心感到喜悅，不禁扯開嘴角，展露燦爛笑容，「衝了之後就會發現，結果已經變得不重要了。」

結果已經變得不重要，而是有沒有放手一搏的那股衝勁。向前衝吧，這就是她現在能做的，收到了逸哲滿滿的心意，就像豁出去投球、打球一樣，再一次拚了命向前衝。

心無旁騖地朝著下定決心的方向衝吧。

「嗯……」譚子媛鼻子一酸，緊握住手中的棒球，感受到從掌中傳來的溫暖，輕輕點頭，她緊抿嘴唇，努力壓抑住顫抖的嗓音，「謝謝……」

總是在身旁默默支持著她、總是悄悄擔心著她和李想，溫柔懂事的逸哲，猶如春日裡帶來一絲溫暖的陽光，燦爛而耀眼，感染了周遭所有的人，使人不禁會心一笑地感到幸福。

她抬起眸望向曾逸哲，深吸了口氣，用盡全力使嘴角上揚，想將一如往常的燦爛笑容展露給他，「你的勇氣，我收到了。」

自己的心意終於一點不漏傳達出去，她確確實實收到了，曾逸哲忍不住在心裡呢喃，幸好自己有做出這個決定，希望有他給的勇氣和鼓勵，譚子媛能夠更有力氣繼續向前邁進。

繼續朝著妳的夢想、朝著李想在的地方邁進，帶著妳原本該有的活力朝氣和不服輸的個性。

然後，變回以前那個充滿希望的譚子媛吧。

第三章

譚子媛獨自漫步在街上，情緒仍無法平靜。逸哲突然說有事，就此與她道別，但離開時看上去慌亂匆忙，好似在遮掩脆弱的一面。面對逸哲的真情告白，自己當下竟然不是感到害羞，而是難過，直到現在也依然還是。但在幾乎快要窒息般的難受中，卻又帶有一絲暖意，如此複雜的情感。為了平復心情，她深吸一口氣，左手還緊攥著棒球，始終沒有放開，似能從掌中感受到溫暖，蔓延至心底。

走在擁擠熱鬧的鬧區，她突然停下腳步，低著頭站在路中央，任由路過的人們擦過自己的肩而離去，無法再將他們臉上的笑容放入眼眶中，她不禁闔上雙眼感受，閉上眼後，從耳畔傳來的嘻鬧吵雜聲變得更加清晰。

佇立在熙來攘往的街道中央，四周全部都是人，困在人海之中找不到出口，被用異樣的眼光看著，即便閉著眼睛也能感受到那股渾身帶刺的視線，從四面八方投射而來，刺得她渾身是傷，議論紛紛的聲音簡直快將她淹沒。

曾經，覺得這樣的聲音很刺耳，他們發出歡樂的笑聲都像是在嘲笑自己，與人對上視線時，所有人好像都在討論著自己，開始變得畏縮、開始懷疑自己……而是什麼時候開始，這些聲音、這些視線，變得不再那麼令她生厭？

那些不好的回憶全被掩蓋了，被另一個熟悉的畫面給覆蓋住了。不再感到孤單害怕，彷彿只要睜開眼，就會看見穿著獅子玩偶裝的人，朝著自己遞了粉色氣球。是她喜歡的粉紅色，是她喜歡的李想。

譚子媛輕輕抬起手想要接過氣球，但是她緩緩睜開眼，眼前卻什麼也沒有。沒有她朝思暮想的那個人，也沒有像當初一樣閃閃發光的畫面，只有不斷的人潮，從她身旁不停經過，這種感受太過真實，使她只能愣愣杵在原地，憶起她最珍貴的時光。

「要一起來嗎？」

譚子媛望向空著的右手，想起他那副相信著自己的口吻，帶給自己無窮無盡的力量，她悄悄在心裡立下一個重大的決定。

一旦立下了決定，就有了目標，握緊拳頭，彷彿在這一瞬間充滿了希望，她毅然決然將棒球放進口袋，抬頭挺胸朝著前方邁開腳步。

李智坐在電腦桌前，十分專注地打著電玩，整個人沉浸在遊戲中，沒有發現從外頭傳來了門鈴聲，直到門鈴響個不停，即便戴著耳機還是能聽到，門鈴開始打著節拍，而且還是《愛的鼓勵》的節奏，令人感到越來越煩躁，想必一定是個幼稚的人。

「李智！去幫忙開個門，媽媽在陽台收棉被！」

就像一般男孩子一樣，因為玩遊戲被打斷而暴躁，李智不耐煩地嘖了一聲，還是乖乖地將耳機放下，走出房間。

「是阿姨嗎？今天垃圾車不會來喔……」他漫不經心地抓著頭，穿著一身居家就去迎接站在外頭的人。

一開門，只見譚子媛帶著招牌笑容站在眼前，「是我啦！李智哥哥，好久不見。」

「……小媛？」李智相當訝異，但是下一秒驚嚇卻大過於驚喜，他想起自己下半身只穿著一條四角內褲，就這樣站在一名少女面前，幸好他反應快，一把抓起櫃子上的外套遮住，一邊慢慢後退，笑得僵硬，「妳、妳先隨便坐，我去換個衣服……」

沒有想到平時輕浮又從容不迫的他，會因為這種小事而感到不好意思，李智哥哥意外地有點可愛，譚子媛忍不住噗哧一笑，走著熟悉的路線進到屋內，令她不禁想起以前種種回憶。

先是阿姨熱情的招呼，和李智哥哥坐在客廳沙發上，看著電視節目一起放聲大笑，李想會幫忙端菜到餐桌上，四個人一起圍著一張小桌子吃晚餐，談論著在學校發生的奇聞趣事。

那是她吃過最好吃的飯，深深感受到一個家的溫暖，這裡就是她的第二個家，然而即使許久未來到這，那股感動和激動依然深深烙在心裡，不曾消失。

「是小媛嗎？」阿姨從陽台走了進來，手上抱著棉被，嬌小的阿姨簡直快被厚重的被子埋沒，見狀，譚子媛立刻上前幫忙，「阿姨！好久不見！我幫妳拿進去吧？」

將手中的棉被交給譚子媛，阿姨這才完全看見譚子媛的臉，當眼眶被這熟悉又可愛的笑臉塞滿，阿姨竟忍不住稍稍紅了眼眶，她伸出手輕輕捏了譚子媛的臉，「妳啊……畢業之後就沒再見到妳了，李想去南部，妳也不來家裡了，家裡一下子變得好冷清，我有多想妳妳知道嗎！」

「阿姨……」沒想到感到寂寞空虛的人不只有自己，不是只有她將這裡當成家，而是這一家人都將她當成家人了，感受到濃濃暖意在心底蔓延，譚子媛鼻子一酸，不禁垂下嘴角，「我也是……很想你們……」

「妳們夠了喔，尤其這位媽媽，李想剛去南部時都哭幾天了。」突然，換好衣服的李智一下子接過譚子媛手上的棉被，將其放進房間，「人現在不是好好地出現在面前了嗎？開心一點嘛！」

譚子媛和阿姨互望一眼，覺得李智說的話相當有道理，忍不住對視而笑，仔細端詳著譚子媛，阿姨放心似地吐了口氣，「原本還以為妳沒有考上和李想同一間學校會很消沉，現在看妳這樣，我就安心了。」

譚子媛想起了這段期間的自己，真的讓太多人操心了，前陣子活得行屍走肉，甚至開始有了聽天由命、順其自然的消極想法。

「妳和李想不一樣，總是給人感覺開朗有活力……」

「不是這樣的。」她輕輕地打斷了阿姨的話，苦澀地垂下眸，「我沒有大家想像中那麼樂觀，我也會有低落的時候，甚至會自暴自棄……」她輕輕揚起嘴角，「只是我比較幸運，都能遇見願意向我伸出援手的人。」

看著譚子媛從一開始給人感覺稚氣、像個孩子一樣天真單純，到如今能夠說出如此成熟的話語，想必歷經了不少風雨，就像看著自己的孩子長大一樣，阿姨感到欣慰萬分，「遇見貴人了嗎？」

「嗯。」她輕輕應了聲，抬起頭對上阿姨的視線。熟悉的面容一個個逐漸浮上腦海，當那些人的笑容變得清晰之時，譚子媛發自內心感到欣喜。

她彎起眼睛，綻放燦爛的笑容，「是非常重要的一群人喔。」

每當以為人生差不多就這樣了，只能繼續蹲在原地無能為力，都能夠遇見拉她一把的天使們，鼓勵她、在身後推動著她，使得她又有了重新爬起來的動力，讓她有了期待明天到來的希望。

現在的她，要比以前更加正向。

「啊，對了！小媛，我有話要跟妳說。」阿姨笑嘻嘻地踏著輕快步伐，拉著譚子媛走到客廳沙發上坐著，「之前我和李智討論才得出這個結論，等李想不在就要把這件事跟妳說，看來現在正是時候。」

面對阿姨突如其來的舉動，譚子媛一頭霧水，看著阿姨彎下身翻找桌子底下的東西，不禁感到好奇，阿姨和李智哥哥都想告訴她的事情究竟是什麼？

「找到了～」阿姨從桌子底下拿出了一個小本子，拍開上頭薄薄一層灰塵，她開始翻起書，邊翻著裡頭的內容，邊輕輕低喃著，「雖然背著李想這樣不太好，但如果我現在不這麼做，以後後悔的一定是他。」

看著裡頭的內容，阿姨浮現出淡淡笑容，似乎很享受在其中，突然，她停下動作，目光停在其中一頁，臉上的笑容漸漸加深，她拿出夾在書中的東西，遞給譚子媛，「這個，妳看一下。」

譚子媛接過，是一張泛黃老舊的相片，相片中的背景是熟悉的國小操場，而站在中央的主角正是穿著運動服的李想，戴著棒球帽、比著勝利手勢的模樣有些稚氣可愛。雖然早知道李想和自己是同間國小，但看見還互相不認識的李想站在自己熟悉的地方，感覺還是挺微妙的。

不過她還是不理解，阿姨為什麼要特地給她看李想小時候的照片？她再次低下頭仔細端詳，這才發現李想的身旁還有個人，因為光線有些昏暗，第一眼才沒有注意到，一位綁雙馬尾的小女孩，雙手比著勝利手勢，開朗的笑容令人感到熟悉。

譚子媛不敢置信地瞪大雙眼，那個小女孩……正是自己。這是怎麼回事？她為什麼會和李想合照？他們曾經見過面嗎？

「我想妳可能忘了，妳以前很喜歡躲在操場旁的花叢裡唱歌，棒球隊都在操場上練球，李想正好聽見了妳的歌聲才會上前和妳搭話。」

這麼一說她的回憶才緩緩浮上腦海，她用力擠出薄弱的印象，依稀記得當時因為奶奶離開了，自己相當難過，一開始還會躲在花叢裡偷偷唱歌，沒想到就被人發現了，而那個人就是李想。

當她努力將碎成滿地的記憶一片片拼起，李想曾經豁然開朗的表情也逐漸清晰，小時候的他非常活潑討喜，當時自己因為奶奶的離世，受了太大打擊，使得她消沉了好長一段時間，遇見李想後，她才慢慢找回以往的笑容。

「為什麼……阿姨會知道這些事呢？」

說到這，阿姨忍不住捂起嘴偷笑，「他小時候單純得不行，什麼都會和我們分享啊，說聽到花叢裡傳來好好聽的歌聲，還以為是妖精出現了。」

李想很喜歡聽她唱歌，時常會利用休息時間偷偷跑來這個只有他們知道的祕密基地，即使她不在，他也幾乎天天都來，當時的李想就是這麼地單純。

日復一日，她漸漸對他打開了心扉，甚至會和他聊起自己的事情，說了許多關於自己的傷心事，李想並沒有安慰她，只是問了她為什麼要選擇在花叢裡偷偷唱歌？

「奶奶喜歡花，她說我像花一樣，所以我想如果躲在這裡，就能只唱給奶奶聽了。」她屈起雙腿，將臉埋進雙膝中，「但是啊，花很脆弱，要是一陣強風吹來了就會花謝花落，等這裡沒了花朵，我就再也不會唱歌了……」

聽了一番童言童語的李想並沒有嘲笑她，只是淡然地坐在她身旁，帶著輕得幾乎快要飄散在空中的語調說了——

「如果妳是花，我就是樹。幫妳阻擋暴風，靜靜在妳旁邊，聽妳唱歌。」

後來不知從何開始不再去花叢裡唱歌了，而即使她將這段回憶淡忘了，這句悅耳動聽的話卻深深印在腦海裡，一直以來都作為她心中的太陽，久久未曾消失。

「因為很高興認識了妳這個朋友，所以一次放學我去接他時，他就把妳拉到我面前，要我幫你們拍一張照。」阿姨盯著照片上的兩人，憶起當年的回憶，心中萬分感慨。

「才不是咧，是因為李想那時候就喜歡小媛了。」李智突然出現在兩人背後，雙手撐在沙發上，與譚子媛四目相對，「妳都不知道他當時有多純情、有多喜歡妳，每天每天都一直在講妳的事，我跟媽都快被他煩死。」

「哈哈……好啦，的確是這樣沒錯。」阿姨輕輕笑了，臉上依舊掛著淡淡笑容，眼神變得無比溫柔，她伸出雙手覆在譚子媛的手背上，「所以再一次看見妳的時候，我真的嚇到了，這就是緣分吧，延續了當時未完的緣，因為妳的出現，改變了李想和我們整個家，也讓我們多了一個家人。」

望著阿姨真摯的眼神，感受從她的掌心傳來的溫度，被當作是家人，譚子媛打從心底感到動容，不禁輕輕紅了眼眶。

「沒有給李想一個好背景，我一直都很愧對於他，擔心他會一直繼續墮落下去，我卻無能為力，真的不知道該怎麼辦。」說著，她的聲音開始變得哽咽，「幸好妳出現了，謝謝妳對這個臭小子不離不棄，甚至把他從深淵中一把拉起，還有將歡樂帶來我們家，自從妳來了之後，整個家都變得溫暖了起來……」

緊緊握住譚子媛的雙手，阿姨忍不住心中萬分感激，不禁潸然淚下，「感謝上帝再一次將妳送到我們身邊，來作為我們的家人。」

感受到阿姨傳來濃厚的真情真意，一陣暖流流過心底，譚子媛也忍不住吸了吸鼻子，輕輕低下頭掩飾，任由兩行淚水滑落臉龐，內心激動地無法言語。

心中的激動無法靠言語去表達，千言萬語都沒辦法訴說出她究竟有多感激。給了我一個家、給了我無限的溫暖關愛，讓我每一天期待著與家人們一起共進晚餐，該感謝的是我才對。

謝謝你們……願意將我視為家人。

「喂～妳們夠囉，搞得我也想哭了。」李智輕輕扶著眼角，為了緩和這陣氣氛，他走到阿姨身旁，勾搭住她的肩，「走啦，先去煮飯，久違地一起吃晚餐，今天破例讓帥哥助理幫妳。」

「好啦好啦，難得小媛來，今天要煮豐盛一點。」阿姨站起身，「小媛妳就隨意啊，要進李想房間尋寶也可以，反正他不知道。」她調皮地吐了吐舌，和李智一同走進廚房。

譚子媛點了點頭，目送兩人進廚房，方才李智的反應令她有些訝異，沒想到平時一副從容不迫的李智也被感動到想哭了，不過幸好他忍住了，不然三個人哭成一團的樣子實在有點滑稽。

聽了阿姨的話，她興起了去李想房間探索的慾望，她緩步走進李想的房間，四處觀望，她曾經來過這個房間一次，卻沒有仔細觀察。

簡單乾淨的一個小房間，床單也是樸素的單一灰色，一旁還有放置單眼相機的防潮箱，整個房間最大的家具就是書櫃，書櫃一眼望去幾乎全是英文書，書本按照語言、作者排列得整整齊齊。

整間房間尤其防潮箱和書櫃最為乾淨，上頭一粒灰也不沾，書本間的縫隙也毫無髒污，讓人產生了乾淨地快要發光的錯覺，可見李想有多愛護這兩樣東西，再加上他的完美主義和潔癖，這是一回到家就亂丟東西的她學習不來的。

她晃來晃去，發現書桌上有一大本相片本，打開一看，都是一些大自然的相片，拍攝大自然的景象是李想的樂趣之一，清一色都是花草樹木、爬到樹上的松鼠、正在搬運食物的螞蟻等等。

而且有好幾次都是和她一起出去玩所拍攝的，望著照片，總還能感受到當時的快樂，譚子媛翻著內頁，一邊品嘗過往的回憶，無法言喻的心情慢慢湧上心頭。

翻著翻著，無意間發現有幾頁的相片特別厚，抽起相片，發現相片居然有三張疊在一起。

她將夾在中間的相片拿出，相片上的畫面映入眼簾的同時，整個人傻住了。

這是……我？

其他照片中間也都有參雜她的相片，拿出來有好幾張，去山上堆雪人的她、在公園散步的她、坐在樹下野餐的她，還有畢業時大家一起放開氣球的照片，滿滿的都是自己。

譚子媛震驚地呆愣在原地，腦中一片混亂，清楚地聽見自己心臟大幅跳動的聲音，無法冷靜下來思考。騙人……明明一直都是在拍風景的不是嗎？什麼時候拍的？為什麼要拍我……

為什麼我……

「你到底都在拍什麼啊？」

「我喜歡的東西。」

完全沒有察覺到啊……

望著手中的相片，譚子媛的眼淚忍不住奪眶而出，淚珠一顆顆落在相片上，模糊了她的背影和側臉，想起了李想那股和煦如春風的嗓音，用著憐愛的眼神看著相機裡的畫面，就如同他的眼裡只有她一樣，那麼地喜歡。

用著李想的視角去看自己，原來是有這樣的心情嗎？明明李想的心意那麼地濃厚、那麼地直接，為什麼我沒有察覺到呢？為什麼我沒有給予任何回應呢？

這就是李想眼中的我，看上去自然放鬆，每一張都帶著笑容，和李想在一起就是這麼地開心，感覺周遭彷彿都充滿了閃爍耀眼的光芒，只要待在他身邊就能感受到希望，就連吹拂而來的風都變得溫暖。

看見相片的瞬間，濃厚的感情像潮水一下子湧了上來，此刻，她想起了過往的畫面——

在我被班上同學排擠的時候，李想是唯一一個站在我這裡的人；在我被女學生刻意絆倒時，李想二話不說伸手扶起了我；在我因為父母離異而感到無助絕望時，李想就出現了。

總是在我想要逃離這個世界的時候，英雄就會出現，拯救我的人，總是李想。但是在我的心裡，不知不覺地產生了變化……李想已經不只是英雄，不單單只是一個令人嚮往的目標。

「小媛妳……喜歡上李想了？」

「不然妳為什麼要為了他做到這種地步呢？」

此時她才終於澈底頓悟了自己的心情，為什麼看見小綠和李想走在一起的畫面，會感到厭惡？為什麼會對於自己的行為感到後悔？

為什麼會這麼不甘心？為什麼李想離開之後會感到空虛難受呢？為什麼這麼努力想要和他一起去南部呢？

為什麼明明已經不是目標了，卻還是拚了命地想要追上他的腳步，只為了和他在一起呢？

「妳……喜歡李想嗎？」

原來我……喜歡李想啊……

譚子媛輕輕將相片靠在額上，無法壓抑住心中快速蔓延的難受，心痛和酸楚一時之間爆發，任由溫熱眼淚一滴滴落在相片上，一下子感受到五味雜陳的情感，好酸、好苦、好難受，她再也無法忍受，激動地緊緊抓著相片痛哭失聲。

明白了自己對於李想的感情，譚子媛承受的痛苦更加倍。我得出一個答案了，不再為眼前感到一片迷茫，我終於知道自己想做什麼了，我現在就想告訴你，想要立刻將我的心意傳達給你。

但是為什麼你現在不在這呢？為什麼現在……你不在我身邊呢？

為什麼你距離我這麼遙遠？遠到即便我拚了命逆風狂奔也到不了你身邊呢？

我好想你，我有好多好多話想跟你說啊，李想。

我真的好想你啊……

天氣異常地晴朗，豔陽高掛在空中，光芒四射的陽光讓人無法直視，趁著好天氣，方瑀打算將床單和被套澈底清洗一遍。原本個性就成熟的方瑀同時喜好做家事，意外地有著一顆主婦心，她總是一人包辦全家的家務事，甚至樂在其中。

聽著電台播放的音樂，她哼著歌，將剛洗好的衣服一件件掛在曬衣架上，再把曬好的衣服全放入桶子裡，抱著衣服堆走到客廳，突然聽見門鈴響起，她放下桶子去應門。

「終於來啦！我的午餐。」一打開門，方瑀便笑容滿面地迎接外頭的人。

「一見到我就是先喊午餐嗎？怎麼會有人這麼不歡迎客人啊……」拎著手中的便當，曾逸哲輕輕皺起眉宇。

「怎麼可能不歡迎，一起進來吃吧！外送員。」方瑀刻意再對逸哲開了個玩笑，鬧得他大大翻了個白眼。

就在和譚子媛真情告白之時，看著譚子媛因為愧疚和替他著想而快哭了的樣子，令他感到無比難受，一方面認為譚子媛需要一個人冷靜，一方面也是因為自己想逃離那股窒息般的難受，於是他和譚子媛告別後，立刻傳了訊息給方瑀，沒想到方瑀只回了一句：「買午餐來我家。」然後傳了她家的地址……

他終究還是來到方瑀這裡了，就如她當初說的：「受傷就來找我療傷吧。」，萬分慶幸有方瑀這樣的好朋友願意接納自己，不是一味地給予他安慰，只是就這樣靜靜地，一如往常地談天說笑。

這對他來說才是最大的撫慰。

他希望譚子媛能夠明白他告白的用意，不要因此動搖初心、不要因為無法接受他而感到難過，只要繼續向前走，朝她應該走向的那個人。

走到他的身邊，然後，兩個人一起回來找我吧。

方瑀走回客廳，將桶子內的衣服一件件拿出，開始摺衣服的動作，一邊看著電視播放的新聞，她像個老媽子似地自言自語了起來，「哇，菜價又漲了？不久前水果才漲的……現在去菜市場都不知道要買什麼好了。」

逸哲坐在她身旁，看著她不符合現在年紀的行為舉止，感到有些訝異，對著新聞碎念這種行為他只見過媽媽做過，沒有想到與自己同齡的女孩子竟然也淪陷。

他指著桌上的便當，好奇詢問，「妳不趕快吃嗎？」

「沒有手啊，不然你餵我。」她自然而然地朝著曾逸哲微微張開嘴，還是目不轉睛地摺著衣服。

面對她突如其來的舉動，自然不過的言語和神情，彷彿餵人吃飯這個動作一點也不奇怪，逸哲不禁蹙眉，「妳可以吃完飯再摺。」

「你這麼嫌麻煩？就餵一下我嘛！」

「不是那個問題。」

「啊不然什麼問題？」

「……」沒有想到方瑀會直接問，逸哲一瞬間有些慌了，他裝作冷靜，目光卻不敢直視對方，「這動作有點……不是情侶才會做的嗎？」

「啊？」方瑀不敢置信地停下動作，誇張地皺起眉，不禁提高音量發出疑惑聲，看著他感到有些丟人地低下頭，她忍不住爆出一陣笑聲，誇張地仰天大笑，「噗哈——你也太純情了吧！」

「……要妳管！」

看著方瑀笑得東倒西歪，逸哲臉卻是沉重了不少，怎麼搞得好像她身經百戰，而他就是個從沒交過女朋友的小男孩？被看不起的感覺真是有夠差，但是未告白先失戀是事實，不會談戀愛也是事實……

他有交往過幾個女孩子，全都是在國中時期，女方先向他告白，他沒想太多就開朗地答應了，但是因為自己太過熱愛棒球，假日也幾乎都和兄弟們膩在一塊，幾乎在不知不覺中就忘了有女朋友這件事，導致交往還未超過一個月就會被甩。

他從未好好談過一場戀愛，如果可以，他希望女朋友可以找一個也同樣喜歡運動的女孩，不會介意他將陪伴自己的時間投注在棒球上、甚至就連假日都會和他一起去運動的女孩。

不過照目前看來，要找到個性合得來、興趣相投的另一半真的不簡單啊……

即使努力調適心情，暫時還無法揮散失戀的陰霾，面對對於今早的事一言不提的方瑀，曾逸哲想要告訴她，卻不知道該從何開口，他蹙額顰眉，周遭開始烏煙瀰漫。

方瑀將手上的衣服摺好放置一旁，從側面望著一臉苦惱的曾逸哲，再加上這陣無法言喻的尷尬感，她終於忍無可忍默默開口：「幹麼？一臉就是在苦惱要說什麼，你沒有必要跟我報告你和小媛的事啊，像平時一樣聊天就好了。」

被方瑀的從容自然給影響，逸哲原本緊緊握著的拳頭不自覺放鬆了些，「不行，我還是想跟妳說。」，他抬起眸和方瑀的目光交錯，神情十分認真，「我們在一起了。」

「少來，你一定是被甩了吧？」

方瑀幾乎是秒回，顯然完全沒有將他的話當真，她泰然自若地繼續做著自己的事，反而看起來更加冷血無情了。

被方瑀的不信任這麼一搞，逸哲的心情好像更糟糕了，臉色也比剛才還要更加沉重，方瑀輕輕瞥了他一眼，忍不住咯咯笑了起來，「你想騙我也編好一點的謊，百分之兩千會被甩的，而且如果真的在一起了，怎麼可能還來找我？」

「怎麼不會？」逸哲馬上反駁了她的話，一改先前的玩笑樣，神色變得相當認真，隨後因不好意思而移開了視線，「我本來就不是因為想討妳的安慰才來的，不管是真的在一起了還是被甩了，妳都會是第一個知道的人。」

當這些話語傳進她耳裡，方瑀相當訝異，沒有想到曾逸哲如此重視她，內心不由得感到有些高興，但是又馬上被自己另一個想法給擊倒，或許不是重視她，單純因為只有她知道他對小媛的感情呢？

想到這，又有一陣苦澀在心底蔓延。她很清楚，其實自己一直無法將視線從曾逸哲身上移開，尤其自從去廢棄大樓找譚子媛那時候開始，她就發現了曾逸哲對譚子媛的心意。

每當在一旁看著兩人談天說笑，她就感到難受。譚子媛一臉單純無知地燦爛笑著，曾逸哲的微笑卻是那麼的令人心碎，在她眼裡看來，曾逸哲有好幾度想要伸手攔住譚子媛，但是他沒有勇氣，沒有介入李想和譚子媛之間的勇氣，所以就這樣目送譚子媛離開，直到她和李想朝著自己揮手道別。

宛如酸梅一樣的滋味在她心中緩緩蔓延，很討厭的感覺，更何況她也討厭吃酸梅，酸楚能夠讓人不禁皺緊眉宇，那模樣看起來極為痛苦，就像看著曾逸哲的單戀一樣。

一開始只是覺得他很可憐，到後來開始產生「趁還沒陷太深早點放棄吧！」的心態，而這種感受一直到譚子媛開始躲著李想，在體育課，李想從後頭衝上前來抓住譚子媛詢問那時，她的想法全變了。

當時因為譚子媛突如其來的冷漠無視，李想一時慌張激動，忘記控制力道緊緊抓住譚子媛的肩，當下自己本來是想阻止他的，沒想到下一秒就看見曾逸哲出現在後頭，高大的身軀掠過她，直接抓住李想的手。

「有話好說，不要動手，何況是對女孩子。」

她驚愕轉過頭望向曾逸哲，就此再也忘不了那個畫面，曾逸哲一改往常的嘻皮笑臉、陽光男孩的模樣，表情十分嚴肅甚至帶點怒氣，那也是她第一次看到曾逸哲除了燦笑和微笑以外的表情。

即使他裝作從容不迫，她也看得出來他的緊張，她也知道曾逸哲一定是拔腿朝這裡狂奔而來，急促呼吸和藏在髮梢裡的幾滴汗水，完完全全地訴說出他喜歡譚子媛超乎了她的想像。

在這之後，她更無法對這個人視而不見，想要一直看他究竟能夠笨到什麼地步，原本只是抱著好玩的心態在看戲，沒想到在圖書館那次，看見他刻意製造讓李想和譚子媛單獨相處的機會，自己竟不由自主感到氣憤……

這時她才明白，原來曾逸哲不是個單戀的可憐男孩，他就只是個白癡，喜歡傷害自己去成全別人的被虐狂傻子。

「喂，發什麼呆？妳的便當都涼掉了！」曾逸哲將她手中的衣服放到一邊，再將便當遞給她，

「衣服等等再摺，不會有人跟妳搶工作。」他暗忖，除了方瑀，也沒什麼人會這麼享受於做家事了吧？

方瑀打開曾逸哲帶來的便當，眼眶被紫色物體塞滿，她的臉瞬間黑了一半，立刻拿起筷子將茄子撥到一旁，「我不喜歡吃茄子。」

「沒關係啊，我幫妳吃。」

「……竹筍跟豆芽菜我也不喜歡。」

「我可以幫妳吃啊！」

「你就只是想吃才夾的吧！到底是幫誰買的便當啊？」看著曾逸哲純真開朗的神情，方瑀忍不住噴出吐槽，還是乖乖拿出小碟子幫曾逸哲裝菜，搞笑畫面逗得他捧腹大笑。

在一次次的觀察和與他的談話後，她才完全拋開原本對曾逸哲的看法，重新了解了這個人，真的就是個白癡，智商零情商也是零的被虐狂傻子……看著一個不會喜歡人的笨蛋，自己竟會開始產生想要看他幸福的想法。

明明一開始還那麼討厭他，我怎麼總是在喜歡自己討厭的人呢？真是犯賤的女人啊……方瑀悄悄在內心低喃，無奈地笑了。

而她即使明白了自己的心意，也要隱藏起來，因為知道曾逸哲有多喜歡譚子媛；因為知道他將她視為重要的朋友；因為知道他若是知道自己的心意，也會捨不得傷害她，為了不讓這個好不容易才築起的感情倒塌，她要將自己的感情完全埋沒，只要表現得和平時一樣，我們之間的感情就不會有變化……

至少現在，我要當他最好的朋友，令他感到和我在一起最舒服自在的朋友。

「現在是下午四點整，您收看的是整點新聞——」

兩人邊聊天邊吃飯，無意間聽到電視上的新聞正報導時間，方瑀原本話才說到一半便沒有下文，整個人像機器大當機似地定格在原地，下一秒她迅速拿出手機查看備忘錄，當備忘錄上的文字映入眼簾，她誇張地驚呼了一聲，「啊！」

逸哲被她突如其來的大喊嚇了一跳，還來不及提出問題，眼睜睜看方瑀急忙穿上外套和拿起包包，「快點，準備出門了！」

「出門？去哪？」面對方瑀突如其來的舉動和急匆匆的語氣，逸哲還是一頭霧水。

「超市特賣！」

「……」

他一直覺得方瑀很特別，初次見面只覺得她漂亮，淺識之後發現她個性直接又潑辣，是隻惹不起的母老虎，直到後來才發現，她的威嚴氣勢是為了不讓重要的人被欺負，總是站在最前線，毫無畏懼地與人對峙。

方瑀並不是大家看見的那個樣子，艷麗外表下蘊含著成熟理性和堅強，尤其是那次火災事件，看見譚子媛屢屢遭受其他同學的欺負摧殘，她再也忍無可忍地朝著那些人咆哮。

「她明明從來不會傷害別人，憑什麼她要一直被妳們這種人傷害？妳們到底憑什麼！」

那聲怒吼震進了他的心，看著方瑀卸下了平時的氣勢，因為心疼譚子媛而像個小孩一樣哭泣，曾逸哲才澈底對方瑀這個人改觀。

他也萬萬想不到，當初感到厭惡的人，現在竟是靠他最近的人。

因為被方瑀那雙好像什麼都能看穿的眼睛盯著，令他感到渾身不舒服，所以他更加不想靠近這個人，拚了命想掩埋的感情全被方瑀挖了出來……

能夠去告白、去釋懷，卻也是方瑀給予的勇氣。

兩人來到了超市，方瑀熟練地將菜籃放置購物車上，筆直走向最底部的生鮮區，腳步快得就連曾逸哲都快跟不上。

「今天我們要放下過去，暫時先忘了小媛和李想，什麼單戀失戀全部拋在腦後，好好地玩！」她理直氣壯地拍了拍逸哲的背，隨後再補充：「我要地瓜葉、菠菜跟空心菜，啊記得不要挑到葉子爛掉的喔！」

「哪有在玩啊，明明就是在陪妳買菜……」

「有很多事情都是從小地方去累積經驗的，選菜這種看似簡單的事，反倒能從中領悟到什麼好嗎？」她皺起眉宇，一臉認真，隨後再補充：「而且今天下午四點超市有特價，肉好像打七折喔。」

「……」根本就後面那句才是重點吧！

方瑀抓起一旁的菠菜遞給曾逸哲，「少年失戀了嗎？來挑菜吧，可以清靜一下你的心靈！」語畢，她又推著推車快步離開，去下一個區域搶特價商品，留下曾逸哲與手中菠菜面面相覷。

曾逸哲抬眸望向方瑀瀟灑俐落的背影，總覺得似曾相識，忍不住輕輕笑了。

簡直就是莫名其妙，聽她一派胡言，卻又感覺好像真的心情變好了，不要說方瑀奇怪了，就連我也跟著變怪了嗎？

望著琳瑯滿目的蔬菜，曾逸哲搖了搖頭，輕輕嘆了口氣，揚起的嘴角卻絲毫未減，他抓了一把空心菜，追上方瑀的腳步，「陪妳買菜有什麼獎勵嗎？」

幫忙買個菜是有什麼好要獎勵的？真是纏人的小孩……方瑀在內心低喃，隨便應付道：「好啦，下次陪你去想去的地方。」

「真的？那……就去運動吧！妳喜歡籃球、棒球還是跑步？」他的表情瞬間變得明亮，似乎還能看見他雙眸投射出光芒。

「……全都討厭到不行。」面對逸哲雀躍的模樣，方瑀毫不留情直接拒絕，她回過頭，悄悄嘆了口氣，裝作泰然自若繼續挑菜的動作，「不然你找寧寧？她也滿喜歡運動的，跟你可能很合得來喔。」

雖然她裝作一副若無其事，心裡卻不斷在後悔方才脫口而出的話語，那明明就不是她想說的話，不知道他會不會生氣，自己竟然不敢轉頭看向他……

「為什麼？我比較想跟妳一起。」

逸哲的話一出，方瑀倏地轉頭望向他，雙眼瞪到不能再大，顯然相當吃驚，此時他才意識到自己的發言有多麼令人誤會。

「……我跟寧寧不熟，會很尷尬。」他急忙解釋：「而且妳老是宅在家，也該動一動了吧？」

方瑀若無其事地將頭轉回，背對著逸哲佯裝繼續挑菜的動作，其實是在掩飾無法抑制上揚的嘴角。

此時旁邊的路人一定會覺得她怪怪的，她只好努力快速平復自己的心情，繼續假裝高冷的模樣，殘酷地拒絕：「不要。」

「妳真的這麼討厭運動？」

見逸哲有些失落的模樣，方瑀猶豫了許久，支支吾吾道：「因為……我跑步姿勢很好笑。」

「啊？」

「我運動時看起來很拙，體能也很弱，我怕被你笑。」她越說越小聲，由此可見這對她來說是有多難以啟齒的丟臉事。

「就只是因為這樣？」逸哲一臉不可置信，「這有什麼好笑的？我才不會在意這種小事。」

方瑀輕輕垂下頭，小聲嘟噥：「你又還沒看過，等你看到就會笑了。」

這可不是在開玩笑，她真的被國小男同學笑過啊！只不過是拚了命地接過接力棒向前奔馳著，跑到終點線時卻不是迎來鼓勵聲或讚揚聲，而是「方瑀昕跑步姿勢也太搞笑了吧！」

被一個缺牙的男同學這麼指著鼻子嘲笑，其他同學也跟著起鬨，方瑀頓時無地自容，丟臉地想馬上鑽個洞住進去，想就這麼永遠當隻地鼠……於是那次接力賽她也沒有參加，從此運動項目的活動也再也沒有她的名額，她真的恨透運動了。

而且這麼說起來，那男同學缺一顆牙沒人笑他，反倒笑我跑步姿勢搞笑是怎麼回事？大家的笑點也太難理解了吧！

「不會啦！我也不是一開始就很厲害啊，以前還常常胯下運球打到自己下面……」

方瑀忍不住擺出好像很痛的表情。

「還有上籃時球滑掉打到自己臉、跑步比賽跑到一半，鞋子先飛到了終點線，還有……」

看著他竭盡所能地在想自己的丟臉事蹟，只為了想勸說讓她踏出家門，方瑀在一旁看得津津樂道。

「啊！還有每次很帥氣的投三分球都不會中！還有……」

見他如此認真的模樣，方瑀終於忍不住笑了出來，「哈哈……你不要再說了啦。」

逸哲停下思考的動作，還以為她生氣了要自己不要再說，望向方瑀，只見她的雙眼瞇成了線，開朗地扯開嘴角，露出潔白整齊的牙齒，「我答應你。」

印象中的方瑀都是豪邁或邪惡的笑，從未見過她如此燦爛的笑容，曾逸哲發現自己看見方瑀發自內心的笑容時，竟然有些感到怦然心跳。

其實方瑀笑起來還挺可愛的……和平時給人冷豔的感覺大相逕庭，這些活潑調皮的模樣也許只有最靠近她的人能看得到，一想到這，曾逸哲感到有些開心。

「看你真的太努力在邀請我了，我實在不忍心拒絕沒有朋友的曾逸哲，只好勉為其難低下身陪你去囉。」方瑀搶過逸哲手中的空心菜，丟入購物車裡，「好好珍惜吧！」

看著方瑀踏著輕快腳步離開的背影，曾逸哲開始後悔自己方才的想法了，這個人不管笑得多可愛，內心終究是個惡魔啊！

「我才不是沒朋友！妳也不用這麼勉為其難好嗎！」曾逸哲不甘示弱地追上方瑀的步伐，兩人又開始了一如往常的鬥嘴模式。

被風吹走的蒲公英，終會有落到地面的一天，而在兩人之間，在這個春暖花開的季節，有什麼正在不知不覺間悄悄萌芽。

第四章

春末夏初，走在校園已經能夠聽見清脆的蟲鳴鳥叫聲，艷陽高照，空氣中充斥著溫熱，卻也不至於到悶滯。

趁著難得的假日，李想拿著他最寶貝的單眼相機，漫步在校園中，愜意地欣賞著大自然的美景，一邊拿起相機將這些珍貴的畫面保存下來。

按下快門之後，他會低下頭檢查方才拍的照片，仔細端倪其中的奧妙。他會心想，這些花花草草，是帶著什麼樣的心情來到這個地方？在這棵大樹下，會不會曾經有一段純純的戀愛展開？

拍照對他來說不是只有按快門這麼簡單無趣，濃縮在這個小螢幕中的畫面彷彿正在告訴他一段故事，而他就是靜靜聆聽這些故事的讀者，因為有了這些想法、因為好像能夠聽到一段可歌可泣的故事，所以使他更加享受於攝影。

每一張照片，在他眼裡就像是一段動畫。

也是因為他有如此奇葩的怪異能力，有一部分的人認為他是個怪胎、認為他在吹噓，但在老師眼裡，李想是個不折不扣的才子，是顆璀璨的璞玉，於是推薦他去參加比賽，也幫助他抱回了不少獎項回來。

他常說，自己是太幸運，能夠遇到這麼多願意幫助他的貴人，而那些恩師們總是這麼回答他：

「是你太努力了。」

因為他總是比別人還要努力十倍，也從不喊苦，面對他的認真向上和努力不懈，令老師們無法不直視這個孩子，即使他有天分，其他九成的力量也都是自己拼死拼活得來的，所以他得到的一切都是應得的。

就連那些死忠粉絲和愛慕者也是。

「那是李想嗎……」

「居然是真人耶……」

李想瀏覽完方才拍的相片，開始聽見從前方傳來的窸窸窣窣聲，他不疾不徐抬起頭，發現眼前突然出現了四個女學生，他與她們四目相對，只見四名女學生有些吃驚地聳了一下肩，隨後開始交頭接耳了起來。

面對眼前四人的舉動，李想一頭霧水，他摘下掛在耳上的IPHONE耳機，依舊面不改色，一如往常的冷語調：「有什麼事嗎？」

李想低沉的嗓音一傳進耳裡，女學生明顯地倒抽了一口氣，不知道是不是因為天氣太熱，導致她臉漲紅得厲害，「對不起，打擾到你了！因為我們只在校刊和公佈欄上看過你，沒想到假日來學校做服務學習居然可以見到本人……」

這麼說來，大學的課比起高中少了許多，所以李想待在校園的時間也變得很少，就連同班同學能看到他應該也算得上稀奇。不過特地跑到他面前告訴他這些，這些人也是很閒著沒事做呢……

「請問……你現在是在拍攝校園嗎？」

想起譚子媛曾唸過他，要他不要待人如此冷淡，李想勉為其難地回應：「嗯，要做這期的校刊。」

「我本來聽說他是個很難靠近、很可怕的人，沒想到其實人還挺親切的……」

看她們有些驚訝的神情，李想依稀聽到她們細碎的耳語，不自覺蹙起眉。

「請問……可不可以問你一個問題？」另一位看起來較精明伶俐的女學生朝前站了一步，差點就被其他兩位學生制止。

他的態度已經相當明顯地表示「生人勿近」了，沒想到這些女同學依然不善罷干休，李想感覺自己的耐心就快被磨光，以前要他去和陌生女生說話根本是不可能的事，真的不該聽譚子媛的話，自找麻煩了……

「可以請問你有沒有女朋友嗎？」女學生才一問完，其他兩位原本有些驚慌的神情變得開朗了起來，她接著解釋：「因為你的戀愛消息一直都是個謎，在校園中沒有傳過你任何一個傳聞，所以真的很好奇。」

果然又是這種無聊的問題，他苦悶，為什麼從來沒有人會問他有關攝影或是他的作品的問題？若是那樣的問題，他一定會很樂意替別人解答。關於戀愛的問題，第一次做校刊訪問時也被問過，他從來不去作任何回應，即便說沒有，那些女生也不會有任何希望。

比起那些拚了命希望他的目光注意在自己身上的女生，他更喜歡拚了命想要追上他腳步的女生。

李想輕嘆了口氣，無奈地戴起IPHONE耳機，這舉動也明顯表示他不打算再接受任何打擾，他邊滑著手機螢幕尋找音樂列表，邊漫不經心地回答：「有啊。」

他抬起眸對上一臉錯愕的女學生，嘴角揚起好看的弧度，伴隨著輕輕拂過的風和輕快的語調，訴說著一段思念——

「女朋友，在台北。」

丟下這句話，李想逕自離開，繼續帶著他的一身從容漫步在校園中。

想必方才那些話馬上就會在校園中傳開，也許還會被刊登在校刊上，但他一點也不後悔，反而感到一身輕快……雖然撒謊了，只能說幸好譚子媛不在這。

為了追拍一隻顏色鮮豔的蝴蝶，不知不覺進到草叢堆後方，蹲下身子，將相機拿起，從鏡頭中看見的風景卻和記憶中的畫面重疊，這一刻，一陣悅耳動人的歌聲傳進他耳裡，就像天使在歌詠一般的聲音，一下子便能將附著在他身上的烏煙瘴氣全部澈底吹散。

小六升國一那段簡直身在煉獄的日子裡，他有多希望能聽到這陣歌聲，有多希望天使再次降臨，卻怎麼樣也想不起這聲音，怎麼樣也逃不出令他痛苦的監牢。直到又再一次遇到她、再一次被拯救了……

就怎麼樣也忘不掉了。

「你到底都在拍什麼啊？」

熟悉的嗓音在後方響起，他愣了半刻，回頭一望，身邊什麼也沒有。

「哈……我一定是瘋了。」他無奈地輕笑，懷疑自己一定是被下蠱了，竟然會中譚子媛的毒這麼深，只不過是蹲在草叢後面也能想起小時候的回憶，明明距離這麼遙遠，依然能聽見那陣令人朝思暮想的歌聲，還妄想著能看見她那張蠢臉。

這麼想起來，最近忙於工作和課業也有一陣子沒聯絡她了，但是那個傢伙為什麼都不會主動聯絡我呢？難道她一點也不想我嗎？雖然早知道一廂情願的人只有我一個，但完全不被需要的感覺還是挺糟糕的。

逸哲會不會趁機約譚子媛出去呢？兩人的感情會不會在這段期間突然升溫？上大學後譚子媛會不會被其他男生搭訕？那個白癡……該不會就這樣被拐走了吧？大家都在台北，只有我一個離這麼遠，什麼事都不知道、都參與不到……

就算譚子媛真的談戀愛了，我應該也只能從別人口中得知吧……

李想的腦中開始浮現出各種不好的想法，他不耐煩地折了折手指的關節，糾結著到底該不該主動聯繫譚子媛，不過想了想，欲擒故縱這招對她來說應該無效，最終還是決定拿起手機傳訊息給她。

「最近在忙什麼？」

他的手指在螢幕上快速敲打，才打出幾個字又立刻刪除，苦惱了許久，最後還是傳了這種像是生疏之人才會傳的訊息……緊握著手機，內心如坐針氈，祈求譚子媛趕快給予回應。

但，一直到了晚上，李想沒有收到譚子媛回傳的訊息，他時不時就會打開手機查看，用了所有能夠聊天的程式傳訊息，譚子媛不只沒有回覆，就連讀訊息也沒讀過，李想開始覺得不對勁，決定直接撥打電話給她。

「您所撥的電話無法接聽……」

沒想到連嘟嘟聲也沒有，直接進入語音信箱，李想心中的忐忑越來越強烈，譚子媛從來不會拖這麼久不回訊息，除非手機沒電否則不可能會關機，但最不可能的兩件事都在今天發生了，這到底怎麼回事？

不給自己有胡亂揣測的時間，李想立刻撥打電話給逸哲，此時的他內心相當難受，譚子媛究竟發生什麼事了？

自己卻不能親口聽她說、親眼去見證，距離如此遙遠，凡事都要藉由別人才能來完成。

逸哲沒有接電話，李想馬上撥打方瑀的號碼，聽著嘟嘟聲許久，他感覺自己焦急如焚地快要發瘋，不管是誰，拜託趕快接電話吧……

「喂？怎麼了？居然主動打電話找我，這麼難得。」方瑀熟悉的聲音傳入耳中，李想感覺稍稍鬆了口氣，心中扛著的大石頭卻仍未放下。

「譚子媛呢？」

「……」明顯感覺方瑀停頓了一下，心生不滿道：「你小子也太過分吧，一打來開口就是找小媛？我也不是隨時都和小媛在一塊，她現在不在我身邊啦！」

李想有些尷尬，都怪自己太過心急不小心讓方瑀誤會了，他搔了搔頭，努力思考如何解釋：「我不是那個意思……我找不到譚子媛，手機好像也關機，所以想問一下你們最近有和她見面嗎？」

他將話筒緊貼著耳畔，卻許久未得到方瑀的回應，方瑀似乎也有些錯愕地愣住了，沉默了幾秒才緩緩開口：「……我最近一頭熱在學校的劇場排戲，也沒和小媛聯絡，這麼說來，她好像也好幾天沒有在我們群組聊天室出沒了，前陣子寧寧還會常常拖小媛出門散心，但現在好像沒有……」

方瑀的聲音越來越小，好像也陷入了苦惱，突然，她「啊！」的驚叫一聲，「前陣子曾逸哲有去找小媛，我幫你問問看他！」

「我剛才打過電話了，他沒接。」

「那傢伙可能有耳背吧，要奪命連環Call才有用，你給我十分鐘，等等回撥給你！」還未等到李想的回覆，方瑀快速掛掉電話，李想盯著手機螢幕愣了幾秒，心想，方瑀什麼時候開始對逸哲這麼熟悉的？

等待的這段期間簡直度秒如年，李想滿腦子都是負面想法，著急地幾乎無法思考，這一刻，他想起了之前與譚子媛起爭執後的那段日子，她不去學校、不和任何人聯絡、手機關機，整個人像是人間蒸發一樣消失了。

難道又發生了什麼事，導致她又把自己關在家裡？這傢伙為什麼總是喜歡搞失蹤？明明答應過不准再讓大家擔心了不是嗎？現在距離這麼遙遠，即使是英雄，也不能馬上飛奔到妳身邊啊……

手機鈴聲響起，李想迅速接起電話，卻得到方瑀這樣的回應：「逸哲說……大概在一兩個月前吧，他和小媛告白了，因為前陣子的小媛低落到不行，逸哲才想盡辦法要她找回以前那個譚子媛，小媛只說了：『你的勇氣我收到了。』之後就再也沒有聯絡了。」

她接著說：「然後我也問了寧寧他們，總之結論就是，逸哲那次是最後一次見到小媛……」

這算什麼？逸哲竟然向譚子媛告白了，在那次見面後，譚子媛就消失了？一下子太多疑惑和錯愕使李想的腦袋當機，他扶著發疼的額，深深嘆了口氣，「明天就是連假了，我放學就會回台北，再去她家堵她。」

哇……真不愧是行動派……方瑀在心裡悄悄默唸。

「就這樣，抱歉打擾到妳了。」語畢，李想掛掉電話，動身收拾行李。

這一趟旅程決定得太突然，李想下定決心再次動身到譚子媛家找她，就像之前一樣，等到他見到譚子媛，一定要好好給這個愛搞失蹤的臭小鬼一點教訓……

由於太過擔心焦急，他整晚都沒有睡好，起了個大早，帶著既期待又不安的心，李想拎著旅行包上了火車，坐在窗邊往外頭望去，景色快速閃過即逝，內心依然動盪不安。

逸哲向譚子媛告白了，譚子媛又是給什麼回覆呢？當時他的告白讓譚子媛落荒而逃，對於逸哲，譚子媛卻是給「你的勇氣我收到了。」這樣的回應……總覺得很喪氣，心裡很不是滋味。

這兩個人竟然背著我偷偷來，曾逸哲這王八蛋，明明說了什麼沒有要跟我爭的意思，結果還不是……唉，感覺又回到了最初看著逸哲和譚子媛相談甚歡的樣子，中間的距離實在太遙遠了。

整晚的焦急使他疲憊不堪，帶著忐忑不安的心情，他緩緩闔上沉重的眼皮。

譚子媛，不是說好要等我嗎……

妳到底怎麼了……

「鏘——」一聲清脆有力的擊球聲響起，聲音來自偌大的操場正中央，吸引了路人的目光，隊員們不禁發出讚嘆聲，視線追隨著飛得又高又遠的球，最後落在遠處的花叢中。

所有人無奈地互望一眼，朝著打擊手的方向大喊：「老大！不是說玩玩而已嗎？」

「我在玩啊，用不到兩分力吧。」李想一臉無所謂地聳肩，立刻遭到隊員們的不滿反駁，「這傢伙在嘲諷我們啦！揍他！」隊員們開玩笑似地衝上前去勾住他的脖子，見大家激動的反應，李想不禁笑出聲。

一名隊員往球落向的花叢望去，再抬起頭望向高掛在空中的烈陽，能夠感受到從地板升起的陣陣熱氣，感覺自己只要再多走幾步路就會融化在操場上，原本想說打完這一球就可以暫時休息了，沒想到李想來這招……

「李想，你自己去撿球啦，我要去休息了！」在艷陽下運動，大家都顯得疲憊不堪，準備移動到有屋簷的地方休息，李想應了聲好，帶著他似乎永遠也用不完的活力奔向花叢。

眼見距離花叢還有一小段路，卻依稀能聽見從花叢中傳出的聲音，一開始他以為是自己的錯覺，但越是接近花叢，聽見的聲音就越清晰……

有人在唱歌，而且是非常悅耳動聽的嗓音，令人不禁沉醉其中，像是走進神祕的森林、中了妖精的魅惑一樣，無法制止自己的腳步，就這麼緩步走向那陣歌聲。

李想一走進花叢，發現是一個女孩坐在花叢後方，還未看清楚長相，先是被她炯炯有神的大眼睛吸引住，與她四目相交的一瞬間，感覺自己的心跳似乎漏了一拍。

兩人對望了許久，女孩先打破了這陣沉默，指著另一側的花叢後方，「那是你的嗎？」

李想望向她指的方向，這才想起自己原本的目的，原來棒球是落在那裡啊，「啊、對，是我的。」他快速將球撿回來，發現自己陷入了一個尷尬的窘境，站在她旁邊不知道該說些什麼，直接離開好像也怪怪的……

「妳……不繼續唱歌了嗎？」無法忍受這陣尷尬的沉默，李想戰戰兢兢地開了口。

女孩抬起眸望向他，此時他才看清楚她的面容，是個非常可愛的女生，但是卻一直愁眉苦臉，水汪汪的大眼睛閃爍著，帶點濕潤。

她看向他幾秒，又再度垂下頭，將頭埋進彎起的雙膝中，「你聽錯了，那不是我。」

睜眼說瞎話嗎這個人？這裡就只有妳一個人啊……李想忍住差點脫口而出的吐槽，看她垂頭喪氣的模樣，實在很難和她搭話……他邊苦惱著該如何回應，就這麼席地而坐，在她身旁，隔著一顆棒球的距離。

「為什麼妳要一個人躲在這裡？」他好奇，「是因為不想被人聽到才躲在這裡唱的嗎？」他望向女孩，只見她依然緊緊抱著自己的雙腿，沒有任何回應，他搔了搔頭，繼續說：「但是這樣太可惜了。」

女孩有些錯愕，疑惑地抬起頭，不解為什麼他會這麼說，「為什麼可惜？」

「因為妳唱歌很好聽啊，如果再也聽不到，我會覺得很可惜。」

女孩驚訝地瞪大雙眼，對上李想認真的目光，太過真摯的言語使她感到有些不好意思，她快速撇過視線，再次將頭埋進雙膝中。

兩人再次陷入一陣沉默，面對她像是拒絕與他交涉的舉動，李想感到有些氣餒，沒想到自己這麼努力想和她搭上話，對方還是不領情，但也是他自己跑來打擾人家的，看來還是離開會比較好一點……

正當他準備站起身的同時，女孩默默地開口了：「你還會再來嗎？」

是希望他不要再來的意思嗎？如果他還會再來，她就要另尋一塊空地的意思？沒想到竟然不小心發現了她的祕密基地，這下好了，人家只好再去找一個新的地盤了，都怪自己把球打到這裡來……

李想相當苦惱，見他不知所措的模樣，女孩輕聲細語道：「如果你還會來，我就唱，只唱給你聽，不要帶其他人來。」

此時李想才了解，原來她的撇開視線、垂下頭等等動作，是因為害羞，而不是在拒絕他，李想先是愣了半晌，隨後立刻點頭答應，「我每天都會在這裡練球，休息時間就會過來的。」

沒想到她不像想像中難接近，令李想再次燃起信心，決定一步步靠近她：「我叫李想，妳呢？」

聽見他的答應，女孩豁然開朗地笑了，她的眼睛瞇成了線，展露燦爛笑容——

「我叫譚子媛。」

這是他們第一次見面，也是李想一直放在心裡的一段重要回憶。

後來他真的遵守了承諾，幾乎天天都會去兩人的祕密基地，靜靜地坐在她身旁、聽她療癒的歌聲，和她聊天談心。但是後來家裡發生了許多事情，一波未平一波又起的苦難使得他再也無心去管理自己，就在此時，他放棄了棒球，也就沒再去過祕密基地了。

原本以為兩人的緣分就這麼盡了，沒想到命運不願將兩人分開，一開始上國中時還未認出是她，直到某天意外聽見她偷偷在樓梯間唱歌才想起，這個聲音、這個人……種種回憶湧上腦海，即便她認不出是我、即使她不記得我，我也一直都很清楚。

那是我的初戀，是命運的安排，喜歡她，現在也還是一樣。

零零落落的細碎吵雜聲傳進耳中，打斷了他的美夢，李想從回憶中甦醒，緩緩睜開迷濛的雙眼，發現四周的人開始收拾行李準備下車，他抬眸望向上頭的跑馬燈，發現火車即將抵達台北車站，他拿起旅行包，不疾不徐地站起身走向車門。

跟著人潮走向同一個方向，就如同他要離開的那天，唯一不同的是，當時為了送他一程、身邊還有那麼多親愛的朋友，如今卻只剩自己一個，為了見大家一面，步上了這趟漫長的旅程。

一走出車站，熟悉的景色映入眼簾、呼吸著久違的空氣，終於能見到想念的親人朋友們，內心不禁泛起無限感慨的漣漪。

一年了，不知不覺時間就這麼流逝掉了，不知道大家過得怎麼樣，長高了？變胖了？或是變得更帥氣漂亮了？太久沒見，有太多話想要說，真想立刻見到他們……

李想輕輕闔起雙眼，一想到和大家重逢的畫面，嘴角就不自覺上揚。

「台北，我回來了。」

聽見門鈴聲響，在幫忙摺衣服的李智立刻放下手邊工作，「來了……」這個時間會是誰啊？該不會又是小媛吧？走到門口時他停下了動作，先看了看自己的衣著，嗯……今天有穿外褲，確認完畢，李智才安心地打開門。

「咦？你怎麼會在這?!」

媽媽在陽台聽見李智的驚呼，好奇地探出頭：「是誰呀？」她快速放下手中的曬衣架，小跑步地跑到客廳，李智往旁邊退一步，她這才看清楚站在門口的人的面容。

「咦——李想？你怎麼回來了！」媽媽激動地雙手摀住嘴，抑制自己差點就要高喊出來的情緒，「你不是說最近都很忙嗎？我們以為你暫時不會回來了！」

「而且你有鑰匙幹嘛還按門鈴啊？」李智好奇地問。

「當然是為了給你們驚喜啊。」如他所願地看見了兩人驚訝錯愕的神情，李想感到相當有成就。

「……啊？」李智以為是自己聽錯了，用力地皺起眉宇，不禁發出疑惑的聲音。

「你真的嚇到我了！我以為你這個連假不會回來！」不理會一旁愣住的李智，媽媽興高采烈地衝上前去抱住李想，「耶——弟弟回來了！我好想你喔！快、先去放包包！媽媽今天煮好料的！」

她蹦蹦跳跳將李想拉進屋子，留下李智一人神情呆滯地立在門口。

給我們驚喜……？李想居然也會有這種閒情逸致？那真的是我弟嗎？李智依然無法從驚訝中回神，直到李想喊了聲「發什麼呆啊？傻子。」才喚回他的意識。

嗯……雖然可能變得浪漫了些，但骨子裡那股惹人厭的氣息依舊未減，果然是我弟弟！

李智惡狠狠地瞪著李想的背影，看著他就這麼走進自己的房間，心中突然有五味雜陳的感受，許久未見這樣的畫面，雖然兄弟在一起總是會吵架、雖然李想嘴巴很賤常常惹他生氣，但是……果然還是有李想在的家才像家。

果然還是和自己的家人一起生活，是最幸福的。

一旦有了「沒有什麼比家人更重要」這樣的想法，也代表自己已經長大了吧，感嘆自己從喜歡和朋友在外頭鬼混的那個臭小鬼階段畢業了，李智無奈地笑了，跟著媽媽腳步走向廚房。

李想走進自己的房間，將包包放置好，一下子躺在床上，呆呆望著天花板，忍不住深吸了口氣，回到家的感覺真好，最熟悉的地方、最熟悉的味道和家人，所有一切都令人懷念不捨。

不過也是因為自己的離開，才會將家人之間的感情繫得更加緊密，才會更加珍惜回到這個地方的每分每秒。

接下來的幾天要好好分配時間，約一天和大家吃個飯、敘舊，也要空出一天和李智帶媽媽出去晃晃……不過在那之前最重要的，還是先去找譚子媛，看看那個總愛搞失蹤的小鬼又怎麼了。

在心裡自言自語，李想倏地起身，看見書桌上擺放著自己的相片本，那是他的第一本作品集，太過珍貴，為了不讓它有任何意外，所以沒有一同帶往台南，而這一年他一點也沒有怠惰，在台南也多了好幾本作品。

但還是屬這本最寶貴，畢竟有好幾頁都是毫無經驗的時候去拍攝的，李想目光停在拍攝街景的一張相片上，毫無構圖感可言，畫面沒有任何主題，甚至還有些模糊……這是他剛買相機後的第一張相片，即使拍得再差勁，也是促使他不斷進步的動力。

每一張相片就像階梯，帶領他爬向高處，少了一階就會墜落，一張也不可少。翻著如同回憶錄的相片本，他臉上的笑意漸深，就像播放電影一般，所有回憶都在眼前上演了一遍，還有和譚子媛一起去戶外拍的那幾張，也創造了相當美好的回憶。

翻到最後幾頁，他突然察覺不對勁，原本為了不被發現而疊在一起的譚子媛照片似乎少了一張，他快速掃過後面的相片，果真沒看見消失的那張。他甚至有印象自己放在哪個位置，但就這麼憑空消失了，到底是誰拿走呢？

李智通常不會主動進到自己房間，會不會是媽媽呢？雖然媽媽應該早就知道自己的心意，但被看見自己偷拍別人照片，還是有些難以言喻的羞恥感……應該會被誤以為是變態吧？雖然這行為的確正大光明不到哪裡去……

帶著矛盾又複雜的心情，李想從房門探出頭詢問：「媽，妳有動到我的相片本嗎？」

「相片本？放在書桌上那個嗎？我清理的時候是有把它拿起來啦，可是我有放回原位呀。」

拿起來時，裡頭的相片不小心滑出來了？……這個機率很小，李想撇除這個可能性，繼續提問：「妳有動到裡面的相片嗎？」

「沒有呀！雖然我是有偷看過啦，但是我一打開看發現沒什麼祕密，就覺得無聊不看了！」

李想無言以對，這個人……到底是抱著什麼心情去看我的相片本啊！身為一個母親對正值青年期的兒子這麼八卦好嗎？

李智走出廚房，和站在房門的李想對望，再轉過頭望向媽媽，「小媛前陣子不是有來嗎？妳不是有叫她去李想房間亂翻亂看？」

一聽見李智的胡言亂語，媽媽立刻衝到李智身旁捂住他的嘴，支支吾吾解釋：「我、我哪有！我沒有叫小媛亂翻亂看啦！我只是說她可以進去參觀一下……」

「譚子媛有來過？什麼時候的事？」

見李想並未追究他們放任小媛進自己房間這件事，而是執著在奇怪的地方上，媽媽和李智一臉意外地互望了一眼，媽媽這才慢了半拍回應：「一兩個月前吧……畢業後第一次見到她，那一次之後就再也沒看到她了……」

記得方瑀說逸哲和譚子媛約出去也是一兩個月前的事，而且一樣是在那之後就再也沒見過她……這真的太奇怪了，不管在忙什麼，都不可能沒和任何人聯絡、像現在這樣人間蒸發啊！這傢伙到底在搞什麼？

為什麼要突然來我家？為什麼要進我的房間？為什麼會發現我藏在後方的照片？發現的當下又有什麼樣的想法呢？照譚子媛的個性，應該會好奇地問我為什麼要拍她照片啊……還是因為自己告白了，所以她也不意外了？

不管如何，為什麼不聯絡我呢……有太多想問的問題卻始終得不到解答，只能一個人在這苦惱著。

心裡動盪不安的感覺越來越強烈，李想焦躁地抓了抓頭，一下子抓起放在一旁的外套，「我出去一下，馬上回來！」丟下一句話，他拔腿衝出家門。

「咦？這麼突然？怎、怎麼回事……」對李想突如其來的舉動，媽媽還是一頭霧水，反倒李智似乎能看出點端倪。

「是去找小媛吧，很少看到他臉色這麼難看還這麼著急……」看著李想匆忙離去的背影，即使不清楚發生了什麼事，李智也能明白，一定是有什麼難以抵擋的暴風雨即將降臨了，畢竟兩人也分開了快一年未見面，這條情路不好走，風波更是一波未平一波又起啊。

這麼一想，當時小媛看起來也有些不對勁，她幾乎不會在李想不在的時候過來的，突如其然的出現、隨後又馬上消失，就像是為了見上一面而來，就只是為了和他們見一面這麼簡單……

不管怎樣，跳不過去的巨坑也要給我爬過去，拼死都要把我的弟媳給我帶回來，不然你就永遠單身吧！

李智在心裡這麼默默呢喃著，一邊祈禱著，心裡那股不好的預感不要成真。

李想照著只走過一次的記憶，經過無數小巷、路口，再次來到譚子媛的家。曾經因為她的一封簡訊而一路奔馳著來到這裡，那些回憶太清晰，直到現在依然歷歷在目。

「為什麼……」

「我說了那麼過分的話……為什麼你還要來？」

只要想到她一個人、只要想到她可能在哭，腦子還未思考身體便先行動了，無法停止自己的腳步，使盡全身力氣在路上狂奔，只為了用最短的時間趕到她身邊，讓她知道……

只要妳需要我，我就會在。

他邊大口喘氣，抬起頭看向眼前的屋子，雖然早知道譚子媛家很富有，但親眼見證了還是感覺很奇妙，從外觀看來相當氣派豪華，最令人稱羨的是擁有三層樓，是這條普通平凡的街道上的唯一豪宅，相較附近普通住宅，顯得格外華麗。

他抬起眸仰望二樓譚子媛的房間，從外頭看不出裡頭的情況，不知道她在不在家？難道要像上次一樣爬上去看看嗎？還是直接按門鈴呢？正當他正在苦惱該如何是好的同時，大門竟然敞開了，但是出來的人卻不是譚子媛。

一位西裝筆挺的中年男子從屋裡走出來，整個人氣宇非凡，強大的氣勢一瞬間就使氣氛凝結，兩人四目相對，不禁被他的氣勢給震懾住的李想就這麼愣在原地。

「有什麼事嗎？」男子輕輕開口，聲音相當低沉有磁性。

這個人……應該是譚子媛的爸爸。

雖然一直都有耳聞譚子媛的爸爸是大企業的老闆，但本人就站在自己眼前，感覺實在太不真實，真不愧是大老闆，從高級西裝、名牌手錶和端莊的站姿就能看出氣質非凡，只是一個眼神便能令人感受到強大的威嚴。

「請問譚子媛在嗎？」面對如此氣派的大人物，李想依然從容不迫，直接切入主題。

男子沒有立刻回答他的問題，只見他輕輕瞇起眼，反過來問他：「你是她的朋友？」

李想不禁皺起眉宇，感到有些不悅，明明是我先提出問題的，他不但沒有回答反而反過來問我？他努力沉住氣，輕輕點頭：「我是她朋友，因為她突然失聯，大家都很擔心，我才會特地過來看看。」

男子沉默了幾秒，竟然輕輕揚起了嘴角，李想完全無法理解他在開心什麼，「我們家傭人說有人一直站在門外，還以為是來找麻煩的，原來是小媛的朋友。」男子微微朝著他鞠躬，「謝謝你們平時對我們家小媛的照顧。」

面對他突如其來的轉變和道謝舉動，李想相當手足無措，「別、別這麼說，就只是大家待在一起而已，說不上什麼照顧……」

男子緩緩起身，輕輕嘆了口氣，「我以為她沒有朋友，國中時她似乎在學校被欺負，有一段時間不是很喜歡去學校，我和她媽媽都忙於工作沒有察覺到，都是從女傭那裡耳聞的……」

啊……應該是在說國一那段時間吧，沒有朋友就不說了，真的是被欺負得滿慘的，不只有少數幾個人，而是幾乎全班都刻意排擠她，現在想起來，真虧自己當時有伸出援手，雖然自己不在乎孤獨，但譚子媛應該相當厭惡這種感覺吧。

畢竟在自己的家就嘗夠孤獨的滋味了。

「嗯……因為國中時她和別人比較不一樣，所以大家才會看她不順眼吧，不過她一直都很努力在交際上，才會有現在的朋友們……」

「就像你說的，她和別人不一樣，就像孩子一樣一點也長不大，和同齡的孩子比起來幼稚得多，這讓我們傷透腦筋，帶她去看了好幾次醫生，情況卻感覺一點也沒有好轉。」

這本來就不是看醫生就能夠好的吧……李想默默在心裡吐槽，搔了搔頭，硬擠出些能夠回應的話：「我想……不要那麼著重在看醫生上面比較……反而會讓她想反抗吧……」

「但是這樣下去也不是辦法，我和他媽都忙於工作沒有時間顧她，擔心她的病繼續拖下去會變本加厲。」

聽聞，李想的臉色漸漸凝重，眼神變得冰冷，他輕輕瞇起眼，不自覺做出了他動怒前的徵兆。

未察覺李想的不對勁，男子繼續說：「我們一直擔心她沒辦法融入人群，不奢求她課業成績要好，畢竟畢業後，以我的權力也能給她一份不錯的工作，沒有能力也沒關係，再花錢請人培訓……」

「原來你們是這樣看她的嗎？」李想一下子打斷了男子的話，散發的氣場瞬間變得嚴肅凝重，即使面無表情，也能感覺得到他捲起的一陣冰雪風暴。

此時的李想想起了自己曾經和譚子媛吵架的畫面，當時就因為自己提起了「大小姐」和「彼得潘症候群」等等傷害到她的關鍵詞，才會引起她激烈的反彈。

她不喜歡被稱呼為「大小姐」，因為那並不是她用自己的雙手得來的；她不喜歡被認定是「彼得潘症候群」，因為身邊的人都將它視為一種病，對著得了這個病的她，不斷搖頭、嘆氣，就連自己的父母也不例外。

李想能夠想像，看見這些畫面時的譚子媛有多傷心欲絕，當她試著告訴他們些什麼，卻被殘忍地拒絕，不被信任、不被認同，心灰意冷的她才會放棄與父母交談，因為她的希望早已燃燒殆盡。

不想前進、沒有向前走的意義，父母也認為自己沒有能力，即使進步了也得不到任何回應，這樣的惡性循環，使得她將自己的生活搞得一蹋糊塗，若是沒有這些朋友的支持，光靠一個人，怎麼可能走得過來？

「她們家的現實面太多了，導致她對大人的印象變得很差，所以才不想要長大，不想變成她最討厭的那種大人。」

方瑀說得一點也沒錯，在這個家，如果是我也不想成為這種大人。

「也許她真的嚴重到需要去看醫生，但最根本的原因不是看醫生就能治得好的吧？與其一直帶她去看醫生，為什麼不願意多花點時間聽她說話？」

李想努力壓抑內心激動，握緊拳頭的力道加重，「從醫生那裡得到治療的答案又有什麼用？最了解譚子媛的人是她自己，為什麼你們不去問問她本人呢？也許她只是想和自己的父母說說話，這個一般人看起來再平凡不過的事情，對她來說卻是不可能的任務，你們有想過為什麼嗎？」

「她最親近的家人就只有你們，你們卻親手把她推得遠遠的，連你們也不認同她，要她怎麼認同自己？」就像開啟了某個開關，他無法控制自己的憤怒，為了將譚子媛的心情傳達出去——

「明明只要花你們一點點時間、就算十分鐘也好，也許情況就會大不相同了！」

李想激動地不自覺調高音量，幾近怒吼的聲響傳進了男子的耳裡，音波在他耳中不斷反覆震動，頭腦像是被棍子一個重擊，感覺剎那間清醒了。

他面無表情地盯著眼前的男孩，身為眾人上司的他從未像現在這樣被吼過，這個素昧平生的男孩朝著自己憤怒的嘶吼，全然是為了自己的女兒，不捨她受傷，所以即使讓她難過的是她的家人，也不惜要化身獅子和對方拚命。

原來對於她的病情，自己這幾年的作為一點幫助也沒有，只是不斷地在傷害她、使她的病情更加惡化……

他想起小媛離開的前一天，在自己的房門前不停徘徊、猶豫不決，看起來相當焦躁不安，最後終於鼓起勇氣上前向自己搭話。

「爸爸……可以借你一點時間嗎？」

那個模樣、那個語氣，看起來如此沒有自信，就像是被拒絕過了千萬次一樣，只剩下心灰意冷。

「我待會要去公司開會，有什麼話再用簡訊傳給我好嗎？」

一如往常地拒絕了她，趕著出門的自己，並沒有回頭多看她幾眼，直到她焦急地喊出：「爸爸！」

第一次，被她緊緊抓著衣角，用像懇求般的語氣乞求著：「只要十分鐘就好，聽我說一下……拜託！」

只要十分鐘就好，我卻未曾給過她這個機會。

也許自己是個完美的上司，但父親這個角色卻擔任得一蹋糊塗，想到這，他就不禁無奈地苦笑了起來。竟然讓兩個孩子對著自己說，只要十分鐘就好，空出自己寶貴的十分鐘陪伴她，也許結果就會完全不一樣。

父親這個角色……當得可真是失敗。

他沉默了好一陣子，深吐了口氣，決定回應李想的問題，將譚子媛的事娓娓道來：「……大概從國中開始，小媛就不怎麼會來找我說話，可能是清楚我不會給予回應，但一個月前，她主動來找我，說是有非常重要的事要說，即使被我拒絕了還是沒有放棄，拚命拜託我空出一點時間。」

一個月前？不就是她開始搞失蹤的那段期間嗎？重要的事又是什麼……李想懸著一顆心始終動

盪不安。

「那是我第一次妥協，放下工作、與她面對面交談，花了一些時間才適應，我看得出她很努力想多和我說點話，這讓我很欣慰……」想起了和譚子媛久違的對談，他的臉上浮現溫柔笑容，一陣沉默後，他抬起眸對上李想的視線，「謝謝你願意當她的朋友，也謝謝你特地跑這一趟，但很可惜，她現在不在這。」

想起大家曾經猜測譚子媛會跟著媽媽一起去日本，李想突然有種不好的預感油然而生，「那她……現在在哪？」

「……我不知道。」他輕輕闔上雙眼，「這是她猶豫了很久才下的決定，離開這個家，沒有跟我拿任何一毛錢，想必真的籌畫了很久。」

緩緩睜開眼，他看上去有些無奈落寞，「她只說了相信她，只要這一次就好。」

想起小媛當時的神情非常認真，真摯篤定的眼神直直盯著自己，彷彿要將他吞噬般的強大力量，絲毫沒有一點動搖，沒有任何一點轉圜的餘地，令人感到相當可靠。

那一刻才察覺，一直像孩子一樣令人擔憂的女兒，真的長大了，不被「彼得潘症候群」所影響，保有童貞純真的她，同時也有成熟、有擔當的一面，原來……這才是真正的譚子媛啊。

而作為父親的他，不曾給過她機會，當下有一種直覺，耳邊彷彿不停徘徊著一股聲音，只要錯過這次機會、只要讓它從手中滑落，就再也不會有下一次。

於是他答應了。

不單單是因為害怕拒絕後這段親情會決裂，影響他最大的主因，是譚子媛那雙乾淨透澈的眼眸，不只是在盯著自己，而是看著遙遠的未來。原來，她一直都有在看著眼前的路，不是低著頭看著自己正在走的路，而是遙望最遠的那一端、望著目標才決定了要走的路。

沒有拒絕的餘地，沒有能綁住她的理由，他沒有資格奢望她待在這，這個令她傷心欲絕的家。他選擇相信她，即便不知道她在哪、正在做些什麼，都相信她會面帶笑容回來這個家，而他會一直在這裡等待。

這是他第一次選擇相信她，也是最後的賭注。

「她難道……也沒有用手機和你聯絡嗎？」

他無奈地搖頭，「離開前她說了，她不會和任何人聯絡，自己也不清楚會離開多久……沒想到她會做得這麼絕，想必是真的下定決心了……」

「她沒有……留下任何想對我們說的話嗎……？」他的聲音不禁顫抖了起來，不停地在搜尋最後一絲希望。

看著眼前大受打擊的男孩，譚爸爸依然只能狠下心垂下頭不發一語。

李想整個人呆滯佇立在原地，簡直不敢相信自己聽見的和所見的，像是靈魂被抽離般，傳進耳裡的聲音彷彿模糊扭曲了起來……

這一年，我有多想回來台北，為了這一刻，一個人在台南努力打拼，想到不久後就能回來台北和大家見面，就更有動力繼續向前走……但妳呢？

知道妳一直都很介意沒有考上台南的學校，明明一直和我並肩同行走過來了，到這裡卻止步了，我都很清楚，所以我要更努力、還要再更努力，繼續當妳的目標，再次燃起妳向前的希望……但妳呢？

一年了……我有多想見到妳……但妳呢？

李想不記得自己怎麼和譚子媛的爸爸道別的，當他回過神的時候，自己已經站在聳立著噴水池的圓形廣場。

他帶著譚子媛逃跑的那天就是來到這裡，一站在這裡，回憶就無法控制地拚命湧上腦海。

「你不去水池看看嗎？」

「有什麼好看的，不就只有水？」

從遠處看著中間的大噴水池，聽著水流動的聲音，感受從側邊吹拂而來的微風，心裡感到相當平靜，心跳平靜得似乎下一秒就會停止。

這裡的風景沒有任何變化，唯一不一樣的，是妳不在這。

他抬起頭望向天空，發現正值太陽與月亮交替之時，橘黃色漸層的天空猶如畫布，上頭還渲染了些紫色，美得令人無法直視，李想輕輕闔上眼，靜靜地佇立在原地，任由回憶不斷重擊他的腦袋。

「我會在這裡，就是為了讓你不再害怕鳥瞰這個世界，我會帶著你飛。」

「所以，過來吧。」

他閉著眼，跟隨那股熟悉而令人安心的聲音，緩步向前走。

「不用擔心，我們不會掉下去。如果掉下去了，我也會飛得高高的，帶你去永無島看看。」

無畏懼眼前的階梯，邁出一步、兩步，越來越靠近，越來越清晰，原本只在回憶裡的聲音，彷彿現在就在這裡，彷彿只要我睜開眼，就能看見妳。

「不要怕了，張開眼睛吧。」

他緩緩睜開眼，卻無法看清楚眼前的畫面，不知道是什麼擋住了視線，能看見的只有一片模糊，傳進耳裡的聲音也在此刻煙消雲散，彷彿什麼也沒發生過一樣。

這裡什麼都沒有，只有自己。

不知道到底該去哪，他什麼也做不了，無能為力的像是隻無助的可憐小狗，只能像這樣佇立在原地。

唯一能做的，只有一直站在這。

譚子媛……

「妳到底在哪……」

第五章

九月，正值開學季，剛從國小畢業的孩子們即將升上國中，邁出幼年進入青年的第一步，而這段沒有暑假作業的美好暑假結束了，不管是愜意玩樂的暑假還是開學第一天的期待雀躍，李想都沒有體會到，能感受到的只有從左腿傳來的陣痛，和每天望著病房內的風景發呆。

就在兩個禮拜前，自己竟然做出了這種荒謬的舉動，雖然覺得荒謬卻又不訝異，抱著絕望和落魄一同墜落，好像是早就計畫好的事情，全身上下都是擦傷破皮，唯獨左腳傷得最重。

「腳還會痛嗎？」媽媽擔憂地望著他包裹厚重石膏的左腳，他沒有應答，只是輕輕搖頭，「如果痛要說，我會幫你跟護士講，有什麼狀況都要講出來好嗎？」

李想撇開視線，連看也沒有看她一眼，只是淡然點頭。

見他一言不發，像是無聲地在催促自己離開，媽媽拿起放在一旁的棉被蓋在他的腿上，「肚子餓了吧？我去買些東西回來，等一下喔！」

望著媽媽離開的背影，原本複雜的情緒又變得更無法言喻，什麼話也說不出口，更不敢看向她，為自己的行為感到丟臉，原本是想尋死的，現在卻躺在這裡什麼也做不到，甚至還讓她露出那樣的神情……

對於自己竟然還活著這件事原本還感到可惜，直到他視線瞥過門口，透過半開的門縫看見媽媽站在門外哭，嬌小的身軀和顫抖的肩膀，看起來多麼無助多麼令人心碎，明明只要到了自己的面前就會擺出一如往常的模樣，原來她不是堅強而是逞強。

一下子失去了兩個家人的話，這樣纖細瘦弱的身子真的撐得住嗎？因為大人犯下的錯誤，將親愛的兒子逼到絕路，她難道就不痛苦嗎？

為了他受傷住院這件事，媽媽沒有多餘的時間可以難過，忙著照應兩個都住在醫院的家人，同時也要繼續工作，每天家裡、醫院和工作的地方來回奔波，面容盡是疲倦，但她沒有一句怨言，就連斥責也沒有，所有痛苦辛勞都自己吞。

比起她心上千瘡百孔的傷疤……我的痛苦根本不算什麼。

抱著這般想法的他就在此時頓悟了，就因為她選錯了對象，一輩子將過得悽慘悲苦，老天爺對她太過狠心，將一整個家壓在她身上，壓得她喘不過氣。

沒有人能拯救她，除了我。

接下她身上的全部重擔，死命扛著這幾乎快讓人窒息的沉重，我願意捨棄自己的一切。

屬於我自己的東西，全部都不需要了。

左腳包著厚重的石膏，每天只能無所事事地躺在床上發愣，終於，兩個月過去，迎來出院的日子，這段期間他並未和棒球隊的人聯絡，走進校門就能看到棒球隊在操場上練習。

站在遠處遙望的他內心即便有無限感慨，也要拚命打醒自己，這是他自己的決定，拿自己的人生去換媽媽的幸福，他不後悔。

因為比其他人還要晚兩個月才去上學，一進教室就瞬間成為全場焦點，四十多雙眼睛盯得他渾身不舒服，尤其是在被老師叫到前面去自我介紹更是尷尬。

簡單地打了聲招呼，李想的目光快速掃過班上的同學們，站在前面視野更加清楚才發現到，有個女生的座位是在後門附近，在她前方和右側的同學很明顯地與她拉開距離，像是劃清楚河漢界一般，而站在那裡的只有她一人。

一開始李想並未察覺到譚子媛就是國小時認識的「小媛」，只是覺得這女孩行為舉止異常古怪，在這個隨波逐流的社會，不被當成神經病也難。

自己成天煩惱著該怎麼賺錢，還要一邊兼顧課業，也沒什麼多餘的力氣和精神去顧慮那個女生，每個班級都有個被排擠的對象，在現今社會來說應該是挺正常的，反正也不關我的事，就這樣安靜過完國中三年吧……

原本是這樣想的，直到某一次，和朋友經過走廊時意外看見譚子媛在花圃前，一個女孩蹲在花叢前的畫面和記憶中的畫面重疊，他才想起那段過往，將回憶中的「小媛」和現在的「譚子媛」合併在一起。

這一刻，似乎還能聽見那段療癒人心的歌聲，環繞在耳邊。

「怎麼了？」跟在李想身旁的同學停下腳步，隨著李想的視線望去，才發現譚子媛的身影，「譚子媛？又是那個奇怪的傢伙，上次看到她一直在跟樹講話，超可怕，感覺靠她太近就會變白癡，還是小心為妙。」

遠望著譚子媛的背影，李想想起了她小時候曾說過的話。

「奶奶喜歡花，她說我像花一樣，所以我想如果躲在這裡，就能只唱給奶奶聽了。」

這個人的想法和一般人原本就不同，也難怪大家無法理解，因為就連我自己也不懂，明明奶奶就不在了，還一直堅持著要唱歌給她聽，究竟是為了什麼？

到底是什麼這樣緊緊禁錮著妳，讓妳無法從回憶中的牢籠解脫？

「你先走吧，她應該沒聽到鐘聲，我去叫她上課。」李想一如既往地面無表情，讓人無法猜測他究竟在想什麼。

「啊？你要去叫她？不要啦！她自己沒聽到鐘響的，又不關我們的事！」同學相當錯愕，大家都避之唯恐不及了，李想竟然主動想去接近她。

李想的臉色稍稍沉了一點，「那你要跟我一起來，還是先走？」

竟然只給了兩種選項，李想這個人的個性也是相當強硬固執，沒有辦法改變他的想法，同學只好自己默默離開。

他轉回視線，緩步走向花圃，想靠近一點，看看她是不是還像以前那樣堅持著唱歌給「花」聽，然而距離縮減到只差三公尺，他依然沒聽見一絲聲響，只見她嬌小的身軀蹲在花圃前，一言不發地盯著花朵，臉上沒有表露多餘的情緒。

李想對於她的行為舉止感到奇怪，她究竟在那待了多久？蹲在那什麼事也不做只是一直看著花嗎？

為什麼不唱歌了？那不是妳想念奶奶的方式嗎？不是妳活下去的動力嗎……此時的他，想起了譚子媛曾經說過的話。

「但是啊，花很脆弱，要是一陣強風吹來了就會花謝花落，等這裡沒了花朵，我就再也不會唱歌了……」

這麼想起來……我不再去赴約了之後也過了幾個月，再度回到那個祕密基地時，也不再見到譚子媛的身影了，而那裡也早已沒了花朵。

因為澈底地接受了奶奶離開的事實，所以不願意再用歌聲來傷害自己了嗎……

「啊，妳又來啦？沒有跟著朋友？」聽見一旁傳來老年人低啞的聲音，李想反射性地躲到了石柱後面，往後方望去，原來是校園內負責清掃、照料花圃的工友伯伯。

「伯伯！」看見伯伯，她開朗地展開笑靨，隨後有些尷尬地轉過頭，「沒有啦，我都是一個人啦……」

感覺伯伯突然沉默了下來，譚子媛驚覺自己說了破壞氣氛的話，她再次抬起頭看向伯伯，眼看他手中抱著盆栽，她好奇問：「你要把盆栽裡的花移過來花圃嗎？」

「是啊，這株本來差點就要枯萎了。」伯伯走到她身旁，緩緩蹲下，臉上盡是溫和的笑容，「原本是抱著應該是救不回來了的心情把它搬到這個盆栽內，沒想到它生命力這麼旺盛，每天看著它逐漸好轉，拚了命想活下去的模樣真的是很感動我啊。」

伯伯滔滔不絕地說著自己和小花歷經的故事，明明只是株不會說話的植物，卻好像與它心意相通，即使聽不見它的聲音，也能感受到它想傳達的感情。

看著他用宛如對待女兒的眼神，依依不捨地望著小花，譚子媛無法理解地歪著頭，「既然伯伯這麼喜歡這株花，把它放在身邊就好了，為什麼要放回去花圃？」

伯伯的視線依舊沒有從花身上移開，眼神相當堅定，「我感覺得到，它就是為了想要回來這裡，才會這麼努力好起來。」

他展開笑顏，皺紋顯得溫柔慈祥，「人也是啊！拚了命地向前，就是為了找到一個容身之處。」

看著眼前懵懂無知的孩子，他將大掌輕輕覆在譚子媛頭上，彷彿在傳送力量，「別擔心，妳也會找到的。」

「只要感覺一切都是無可替代的，那就是妳該待的地方了。」

年幼的譚子媛還無法理解伯伯這番話的意義，也不懂為什麼伯伯要突然講這些，只是愣愣地點頭，繼續望著花朵發呆。

「啊，對了……妳不用去上課嗎？五分鐘前鐘就已經響過了喔。」

「咦？已經響過鐘了？」譚子媛驚愕地快速站起身，「糟糕，我要趕快回去教室了！伯伯再見……」她匆忙地朝教室跑去，跑到一半突然轉過身對著伯伯大喊：「伯伯！謝謝你救了小花，讓它回到自己該待的地方，它一定很開心！」

李想無意間看見了這樣的畫面，聽見了這段對話，對譚子媛的看法有所改變，她還是和以前一樣，一點也沒有變，容易受欺負的善良、傻得天真，她一點也不奇怪，只是大家沒有試著去了解她。

不願意去了解，還用自己的方式去誤解她，這些人也真的是沒救了……

午休過後，從教室外頭看見譚子媛一人趴在課桌上，李想的腳步頓時停了下來，他站在窗外靜靜望著譚子媛的身影，心裡慢慢浮現一團團黑霧，使他焦躁不已。

我該去幫她嗎？但全班集結起來欺負她，我若是拉她一把，不就是明顯向全班宣戰嗎？我何必去蹚這渾水？對自己有什麼好處嗎？

即便現在他伸出援手，也只是抵擋住霸凌者的攻擊，譚子媛自身古怪的個性要是不改變，他再怎麼幫她也不可能交到朋友的，這樣治標不治本啊……

他內心的惡魔和天使正在天人交戰，還未戰個你死我活，雙腳卻不聽使喚地走進教室，在惡魔和天使還在你一言我一句爭執的同時，自己竟然已經站在譚子媛的身旁。

「……」毫無意識地，身體竟然自己行動了，他帶著一如往常的冰冷嗓音試圖叫醒她：「喂，起床了。」

見譚子媛稍微動了一下，沒有要甦醒的意思，只是換了個姿勢繼續和周公下棋。這傢伙是把這裡當家嗎？未免也睡得太熟了！李想能感受到自己的額頭上爆出些許青筋，忍無可忍朝著她的桌子狠狠踹了一下。

「什……什麼？」終於醒了，看起來被嚇得不輕，但嘴邊還殘留一些濕潤，他在內心祈求，希望那不是口水痕跡。

「上課了。」

不敢相信，最怕麻煩、對別人的事最無關緊要的自己，現在到底在做什麼？

慢慢浮現了上百種情緒於心頭，複雜地連自己都不知道究竟是正向的還是負面的，唯一能明白的就是自己終究還是蹚了這渾水了。

但他意想不到的是，因為自己決定蹚這渾水，將兩人的緣分再次聯繫上，所有即將發生的事是作夢也想不到的，他的生命出現了這個不該出現的人，使他變得不像自己。

「我和妳一起去。」

「全壘打，有看到嗎？」

「妳很奇怪，不就是妳叫我來的嗎？」

「那就留在這吧。」

「誰叫妳要擺出那種表情……」

他只是一具空殼，所有人都無能為力，就連他也無法拯救自己，而譚子媛明明是個毫不相關的人，對於他的事卻異常執著、愛多管閒事，多少次遭受他冷血無情對待也不願放棄，宛如拼圖一般，找回他原本捨棄的一切，將他拼湊成回完整的模樣。

「李想你幹麼啊！」

「找小綠。」

當譚子媛站在舞台上，抬頭挺胸地唱著歌，聚光燈打在她的身上，看上去耀眼奪目，彷彿整個人在發光一般，閃爍動人，吸引了全場的目光。

他不願承認，當他看見這樣的畫面時，內心澎湃萬分。

她正在唱歌，我以為我再也聽不到的歌，就是那股悅耳動聽的嗓音，像一道曙光一般曾經救贖他的歌聲，和回憶中的一樣，一點也沒有變。

看見她願意再度開口唱歌，看見她願意面對奶奶的離開，他無法抑制心中激動，想直接奔到她身邊，告訴她，他盼這個時刻盼了好久、好久……

「李想……你真的變了。」

他再也不是大家口中冷血無情的機器人，彼得潘奇蹟般地出現，一下子就打破了禁錮自己的那道高聳冰牆，一瞬間眼前的畫面變得明亮、空氣變得清爽、身體變得輕快，從此再也無法想像沒有她的日子，想要一直待在她身邊，甚至開始期待每一個早晨的到來。

喜歡上一個人的威力如此大，只要一眼，就能在茫茫人海中找到她的身影，原本對任何事毫不在意的他開始懂得珍惜和感恩，珍惜著和譚子媛在一起的每分每秒，感恩著現在自己能擁有的一切，都是多麼得來不易。

他不擅長表達，但他清楚自己非常喜歡這種感覺，喜歡一打開門就看見她朝氣十足的揮手招呼、喜歡和她一起走路上下學、喜歡她為了小事就開心的傻樣、喜歡她不被自己的冷漠給擊倒的那股溫暖開朗、喜歡她為了追上自己腳步而努力的模樣。

還有和媽媽、哥哥、譚子媛，四個人一起坐在餐桌前吃晚飯聊天，就像一家人一樣的那個畫面……有太多太多說不完的喜歡，是他不會開口表達卻默默藏在心裡的。

想要將她的笑容全部拍下來，想全部收藏起來，在相片上、在記憶裡。

只要有譚子媛在、只要看見她的笑容、只要聽見她呼喚自己的名字，他就能感受到自己像是被加了油似地，原本空空如也的身體慢慢被幸福給填滿，她的出現，將他的世界澈底地改變了。

我真的變了。

「我感覺得出來，你真的很喜歡她。」

變得無可救藥了。

「你覺得阿姨今天晚餐會做什麼呢？會是咖哩嗎？」

依稀聽見了譚子媛的聲音，熟悉又悅耳、令人無法忘懷的嗓音，李想緩緩睜開眼，漸漸能看見眼前的畫面，譚子媛就走在自己的身邊，穿著高中制服，雙手緊握著後背包的背帶，開朗地蹦蹦跳跳著。

兩人一同漫步在河堤旁，橘紅色的夕陽映照在河面上，隨著水流波動閃爍著，心情感到相當平靜，眼前的畫面似乎變得明亮了起來，彷彿周遭飄起了無數泡泡。

又是這個夢，明明很清楚是在作夢，卻令人不禁沉浸其中。

譚子媛就在我的身邊，穿著最熟悉的制服，那張臉看上去還是那麼稚氣，青澀的模樣就跟回憶中的一模一樣，就好像時間停止了，停在我們最美好的時刻。

每次只要夢到譚子媛，他就會希望自己不要醒來，只要醒了，回憶也就沒了。

「為什麼是咖哩？」

終於等到李想出聲，譚子媛有些錯愕地望向他，愣了幾秒後開朗地笑了，「你不是喜歡嗎？」

在她晶瑩剔透的清澈瞳孔中映照出自己的面容，任由陽光灑在她纖長的睫毛上，一閃一閃的像是在發光，一如往常地展露燦爛的笑容，和太陽一樣讓人感到溫暖的笑容。

嗯，我喜歡啊。

他多想直接說出口，喜歡這兩個字，對他來說有點困難，如果自己能夠變得坦率，如果能夠不害臊地抬頭挺胸，就會更有勇氣承認了吧。

與她並肩同行，一起步往回家的路程變得如此漫長，她永遠不會知道，走在她身邊的自己有多麼不自在，即使時間久了也無法習慣，因為緊張而微微顫抖，就害怕被她聽見，自己的心跳聲。

每一次心跳，都是因為妳笑了。

「啊，有狗狗！」譚子媛興高彩烈地衝向前，追上前方的野狗，她脫下鞋子，赤腳奔馳在綠意盎然的草地上，自由奔放不受拘束，像個孩子一樣單純無慮。

她突然想起還在後方的李想，轉回身朝著他的方向揮手吶喊：「李想，快點啦！不等你了喔！」

微風將她的髮絲輕輕拂起，陽光映在她的側臉，使她燦爛的笑容變得更加耀眼奪目。

「等一下啦。」李想準備邁開步伐朝她的方向前進，突然驚覺自己的右腳無法動彈，他低下頭察看，右腳竟在不知不覺中陷進泥沼中，他用力將腳抽出，再次抬頭望向譚子媛的方向。

但他什麼也沒看見。

原本還在那裡的譚子媛不見了，就在短短幾秒內消失了，他著急地左顧右盼，慌張地環顧四周，都沒有看見譚子媛的身影，恐懼感頓時油然而生。

「……譚子媛？」

「喂……別鬧了，妳跑去哪了？」

「譚子媛！回答我啊！」

他發現自己無法發出聲音，聲音就像是卡在喉嚨出不來一般，即使用盡全力嘶吼，還是沒有人聽得見他的吶喊，自己也聽不見，他慌張得不知所措，從來沒有這麼害怕，為什麼自己無能為力，為什麼自己什麼都做不到……

他拚了命想向譚子媛原本在的方向奔去，雙腳卻同時陷進泥沼了，越想掙脫陷得越深，直到他的雙腳完全被泥沼給吞噬，他再也無法動彈。

就只能這樣……眼睜睜看著她消失。

看著回憶的世界開始崩塌。

「……！」

嚥下了原本要喊出的話語，李想倏地睜開眼，映入眼簾的是天花板，能清楚聽見自己紊亂又急促的喘息聲，從額頭沁出的冷汗滑落臉龐，簡直不可理喻，他輕輕瞥過頭望向窗外，外頭的天色依然是漆黑一片，只有幾盞微光的路燈陪伴，顯得寂寞空虛。

今天恐怕又睡不著了，不知道是不是因為近期太操勞的關係，他幾乎天天失眠，這樣的日子搞得他身心俱疲，他無奈地長嘆了口氣，調整好自己的呼吸後緩緩坐起身，決定動身前往廚房泡杯咖啡，好讓他能坐在電腦前做報告。

又是在這種時候醒來，自從譚子媛離開後已經不知道是第幾次了，但是之前作的夢大多都是回憶，這次的卻令人感到如此不安，就像是在反映現實發生的事……夢裡的畫面真實地令人害怕。

比起夢見從高處墜落或是被怪物追，失去她好像才是最可怕的惡夢。

尤其是在一個人的夜裡，擔心著，思念著，陷入無止盡的黑色漩渦中。

妳現在在哪裡？在做什麼？有沒有好好吃飯？一毛錢也沒有向爸爸索取，那妳究竟如何度過這半年的呢？

開始打工了嗎？不要像我一樣晚上都失眠，把工作和課業排滿生活而操壞自己的身子了……

還是像以前一樣呆頭呆腦的嗎？會不會又被欺負？明明還是隻雛鳥居然敢離開巢裡……如果又被別人欺負了，會不會有人願意挺身而出保護妳？

如果見到妳……我該用什麼表情面對妳呢？生氣？開心？妳又會用什麼樣的表情回覆我呢？真的見到面了，我該說什麼呢？

「妳去哪裡了啊？」、「為什麼都沒有聯絡我們？」、「過得還好嗎？」之類的？

不管哪個都感覺膚淺，像是噓寒問暖一樣的問候他恐怕做不到，他最想知道的，他最在乎的，也是他不可能開口問的——

「妳……有喜歡的人了嗎？」

用只有自己聽得見的音量輕輕呢喃，他無力地將身子靠在牆上，晃動著手中的咖啡杯，卻一點也品嘗不出咖啡濃郁的香氣，只有留在舌根上的苦澀開始蔓延，陪伴他度過這漫長的夜晚。

「我先走了。」一聽見下課鐘響，李想快速收拾背包，一邊向兩位朋友打聲招呼。

這兩位是李想在大學內唯一能夠進行交流的朋友，課業、能力都相當優異，男生是小賴，女生是玲玲，是從國中開始認識的青梅竹馬，儘管身邊的人總是用情侶的眼光看他們，玲玲也似乎毫不領情。

「你今天也要上班？你已經整整一個月都沒有休息了不是嗎？」玲玲用著不敢置信的眼光看向他，最近的李想真的太反常了，雖然本來就知道他是個很拚命努力的人，但令人擔憂他的身體究竟能不能撐得住這般操勞。

「對啊，自從你從台北回來就變得怪怪的了，不要說能不能約你出去了，光是要看到你休假都很難！你昨天是不是又沒有睡覺？」小賴跟著附和，幾乎無法直視他日漸憔悴的臉龐。

自從來到台南，熟識的親友們都不在身邊，沒有人看管他，常常不自覺搞到身體疲勞過度，看著兩人替自己操心擔憂的模樣，他感到有些開心，也令他更加想念在台北的大家了。

「別擔心，今天放假，昨天的確沒睡好，才想早點回家休息。」

聽見李想的話，兩人鬆了口氣，這才感到放心。

雖然稍微鬆了口氣，但不代表李想之後不會亂來，還是令人相當擔憂啊……玲玲還在思考的同時，意外瞥見站在教室門外的人，目光一掃而過馬上就被吸引住，原來是個女人，彷彿整個人都被光芒壟罩一般，玲玲定睛仔細一瞧，發現那女人的長相簡直美若天仙，她驚愕地說不出話。

站在門口的女人朝裡面探出頭張望，視線似乎停在他們的方向，深棕色的髮絲一縷縷垂落在空中，替她增添了一點魅力，臉蛋小而精緻，白皙皮膚吹彈可破，竟然一顆痘子或粉刺也沒有，膚質好得嚇人，擦了一點唇蜜的櫻唇看起來柔嫩性感。

即使只是佇立在原地不動，也能感受到她散發出的氣質與眾不同，就算距離再遠，彷彿都能聞到從她身上飄來的陣陣馨香，舉手投足都深深抓住大家的眼球，一個不小心就會跌進她的魅惑泥沼中。

「喂喂，那個美女是我們學校的嗎？怎麼好像沒看過啊？她是在看我們嗎？」玲玲不自覺地感到有些緊張，講話都有些打結。

李想和小賴同時朝教室門口看去，只見女人看見李想，立刻笑開花地招手，班上的同學看見她展開迷人的笑靨，全都不禁看傻了眼。

李想看見她的反應卻大不相同，他驚訝地瞪大雙眼，愣了五秒才回應她：「……小綠？」

發現班上所有人的目光都在小綠身上，李想感到有些不好意思，快速衝上前去抓住她的手，向小賴和玲玲丟下一句：「抱歉，我先走了！」就帶著小綠逕自離開，留下愣在原地的兩人面面相覷，對於方才發生的事還一頭霧水。

「原來……李想是外貌協會喔……」玲玲感覺自己的思緒還很混亂，話語幾乎是沒有經過大腦就自己跑出來的。

小賴輕輕瞇起眼望向她，壓抑住內心其他差點衝出的直言，他選擇裝作若無其事，「雖然我也很訝異他竟然認識這種美女，但他比較注重內在，這個我倒是能肯定。」

一手拉著小綠，李想快步朝校門口奔去，感受到從李想手掌傳來的溫度，是她曾經作夢都會夢到的，好熟悉卻又陌生，小綠不禁心想，這樣的畫面若是放在偶像劇中一定是很浪漫青春的，可惜女主角並不在這。

都經過了幾年，差點就要忘了的那陣酸楚，又悄悄在她心頭蔓延開來。

經過無數間教室、走廊和穿堂，終於到了目的地，李想緩緩停下腳步，轉過身望向小綠，「妳怎麼會來？」

雖然知道小綠一樣是就讀台南的學校，但和這裡應該有點距離，應該不會是經過順道來找他的……和她也好久沒有面對面對話了，總感覺有些生澀緊張。

小綠斂下眼，盯著他緊握著自己的手，不帶任何依戀地輕輕撥開，就在這一刻切斷所有留戀不捨，「阿姨和你哥都很擔心你啊，說你的訊息都久久才回一次，不知道在忙什麼，我想你一定都把工作和課排得滿滿的吧？」

不愧是小綠，真的是滿了解他的……被說中的他毫無反駁之地。

「……不要讓他們知道。」

「你啊……」對於李想的所作所為，小綠感到心疼卻又不敢苟同，「今天如果是阿姨或是你哥這麼做，你不會難過嗎？我知道你是為了讓自己忙到沒時間去想譚子媛的事，但沒有東西值得用健康來交換，知道嗎？」

就像溫柔的母親在輕聲斥責孩子一樣的畫面，李想只能低著頭乖乖聽話。

小綠嘆了口氣，「聽說你睡不好？」

李想訝異地抬起頭，臉上寫著「妳怎麼會知道？」六字。

「剛才不小心聽見你們的對話了，你那個拚命三郎的個性，不好好休息怎麼還有力氣去工作？」

「……」要解釋關於自己的事，李想總感覺有些不自在，「不知道為什麼，要花很久時間才能入睡，頂多只睡了三四個小時會醒來，之後就睡不著了。」

原本就預料到一般，小綠從包包拿出一個小罐子遞給李想，「這是洋甘菊，拿去泡茶，可以助眠和舒緩疲勞，不過不能空腹和睡前喝，你試試看，如果有效可以再來找我拿。」

「妳……隨身攜帶這東西？」那個包包就像百寶袋一樣，竟然有洋甘菊藏在裡頭！李想感到相當震驚。

還以為他會感動道謝，沒想到竟是先說出這種不討喜的話，不過這的確是李想的個性，真是令人懷念，想到這，小綠就不禁噗哧一笑，「就是因為要來找你才帶的，我猜想你壓力大需要這個東西，但是我沒有想到你竟然也失眠，這法寶就送你啦。」

李想愣愣地看著手中裝有洋甘菊的罐子，一股暖意從心底開始蔓延，握著罐子的力道漸漸加重。

想起曾和小綠在一起的過往，他總是在傷害她，不管是因為他將工作擺第一而忽略她，還是因為譚子媛的關係而對她口出惡言，他總是沒有顧慮到她的感受，他不知道，小綠會被冠上惡人的標籤，都是因為自己。

明明應該是一段不美好的過往，但浮上腦海的回憶卻都是她帶著溫柔笑容的畫面。

就像自己曾經說過的，每當在他跌倒時，小綠就會靜靜蹲下來替他療傷，不在乎他曾經對她說過的惡言，在這種時候也依然願意來到他身邊。

「為了留下你……全世界都討厭我了，這下你也要走了，我剩下什麼？」

「她全心全意付出，選擇被所有人討厭，只為了讓你一人喜歡，小綠學姊有可能是全世界最愛你的人。」

拒絕了全世界最愛自己的人，照身邊的人看來可能都覺得他是傻了……

「怎麼了嗎？」小綠探出頭看著若有所思的李想，和她對上眼的瞬間，李想的嘴角微微上揚，眼神變得柔和。

都過去了，做出這樣的選擇他並不後悔，他相信哥哥不會像自己一樣只會傷害她，一定能給小綠幸福。

屆時，他必定會給予最大祝福。

他說：「下次回台北要不要一起？」

「要邀請我去你家吃飯嗎？」

「我哥也很久沒看到妳了吧，他應該會很開心。」

「我想不會喔，他動不動就喜歡透過電話和我吵架，還監控我，不准我超過晚上七點回家……」

兩人並肩緩步於回家路上，你一言我一句地寒暄，即使許久未見一點也不感覺到生疏，彷彿像回到了以前那樣無話不談，那樣熟悉。

「對了。」小綠突然想到了什麼，望向李想，「你不要太依賴我給你的洋甘菊喔。」

李想不解原因，對她說的話一頭霧水。見他一臉問號，小綠輕輕地笑了，「洋甘菊只是輔助，對於你的失眠，用再多助眠的療法都沒用的，你那是心病，只有你能治得好自己啊。」

心病……這詞用得還真的是正確無誤，即使他很清楚，也不可能找得到治療的方法。

如果真的是心病的話。

「那我可能沒救了。」

有可能嗎？對付心病的解藥，譚子媛現在就出現在我面前、手機突然傳來一封她的簡訊，或是有人告訴我找到她的消息……就算是為了我的生日而準備的整人驚喜，那種開過頭的玩笑之類的什麼都好，只要讓我知道妳在哪，見不到面也沒有關係啊。

突然人間蒸發到底算什麼？一句話也沒有留下，到底是想跑去哪？

夢中的畫面又再度浮現腦海，只不過是一轉眼，原本還站在那的譚子媛就消失了，她的笑臉消失了，屬於她的陽光也不見了，整個世界開始崩塌，可怕的場景令他不禁一顫。

困在有妳的回憶裡，我根本動彈不得，妳究竟想拿我怎麼樣……

李想帶著無奈和自嘲的心情發出無心之言，看著這樣消極悲觀的他，小綠突然停下腳步，李想發現到她的舉動，不知所云轉過頭望向她，只見小綠臉色變得相當凝重，甚至帶點氣憤地盯著自己，手中握著包包的力道逐漸加重。

兩人就這麼沉默了好一陣子，不解小綠突如其來的行為，李想不知所措地詢問：「怎麼了……」

話才剛落，立刻引來宛如滔天巨浪的回應，「你以為是小媛害得你變成現在這副慘狀的嗎？你以為是她一直在回憶裡不肯離開，吵得你不得安寧嗎？」

即使小綠的表情看似平淡冷靜，也能感受得出她激動的情緒，自己的話像是開啟了某種開關，一下子將她的導火線給點燃，就這樣一發不可收拾。

「把你困在回憶裡的，不就是你自己嗎？」

而她這番真心話，既殘酷也直接，聲音清晰地傳進李想的耳裡，沒有經過任何的修飾，直直撞進他的心裡。

「沒有什麼比回憶還要可怕，它是殺人凶器啊，緊抓著它不放，你會遍體鱗傷的。」她忍住想喊出口的激烈情緒，眼神看上去相當哀傷，像是看見被丟棄的小狗一樣心疼。

曾經那麼威風凜凜的李想去哪了？她認識的李想不就應該是什麼都不怕、什麼事都無所謂嗎？面對任何事都能面不改色的堅毅，而現在變得這麼脆弱又是怎麼了……

是因為找到了無可取代的人，所以失去她變成了世上最可怕的事了嗎？

當你把我推開的時候，我的世界像是崩塌了一樣，你看見我在哭，卻無法體會我有多傷心欲絕。

你不知道為什麼我會這麼討厭譚子媛，最讓我心碎的是，你和大家一樣，覺得我是個十惡不赦的大罪人，但這不公平，明明走在你身邊的人應該是我、明明能享有你的溫柔的人應該是我……我只能羨慕她，得到了我得不到的所有一切。

你有多殘忍，你知道嗎？

我一點也不想要同情你，一點也不想要安慰你……但我還是來了，不顧一切地來到你的身邊，像你說的一樣，在你跌倒時給你療傷。

我對自己也很殘忍。

但是現在的我已經能夠釋懷了，那你呢？你為了她拒絕我，卻得不到幸福，看著你這樣狼狽的樣子，要我怎麼甘願……

收起悲傷的目光，兩人走到李想的家門，「別想了，努力睡吧。」小綠朝著他揮了揮手，再次給予最後忠告，「別再讓大家擔心了。」

李想輕輕地點頭，和小綠道別後進到家中，一關上門，就像洩了氣的皮球一樣，他的力氣瞬間被抽光，無力地倚靠在門上，緩緩滑下。

「你以為是小媛害得你變成現在這副慘狀的嗎？你以為是她一直在回憶裡不肯離開，吵得你不得安寧嗎？」

「把你困在回憶裡的，不就是你自己嗎？」

小綠方才說過的話太過清晰，就像利針，一針接一針直直刺在他的心上，痛得他再也沒有力氣去抵抗，只能任由那些吵雜的聲音不斷在耳邊徘徊，狠狠地撞擊他的意識。

並不是譚子媛，從頭到尾的罪魁禍首都是自己，是他將自己逼到絕路的，不是回憶使他動彈不得，而是他自己死命地抓著回憶啊。

「沒有什麼比回憶還要可怕，它是殺人凶器啊，緊抓著它不放，你會遍體鱗傷的。」

是我還死命地抓著它不肯放手，是我不想忘記、是我不想釋懷……拚命抓著名為回憶的荊棘，即使雙手沾滿鮮血、傷痕累累也不願放開，再這樣下去，我會死的。

必須放手，必須捨棄，開朗的笑臉、溫暖的陽光、幸福的模樣，還有怎麼數都數不清的回憶……

回憶真的是殺人凶器啊。

第六章

炎熱的夏天即將迎來尾聲，這也意味著李想他們將升上三年級，距離譚子媛離開不知不覺過了一年，聽起來不多不少，在這段期間大家的心境卻轉折相當大，如今已默默接受這個事實。

一開始想盡辦法尋找譚子媛的下落，過了一年還是音訊全無，完全沒有任何線索，像無頭蒼蠅般亂衝亂撞，最終只能放棄，默默祈求她早日回來。

至於當初打擊最大的李想，至今也將注意力全部放在課業和工作上，還是一如既往冷漠的模樣令人無法猜透他的想法，但大家心裡都清楚得很，他只是在逼自己，讓自己忙到沒有時間去多想，似乎漸漸地也習慣了這樣的生活。

將滿滿的課業和工作硬塞進自己腦子裡，再也沒有多餘的空間可以容納譚子媛這個人，但這究竟會讓他輕鬆點，還是更加難受呢？

凌晨，李想坐在電腦前，雙眼專注地注視在螢幕上，放在滑鼠和鍵盤上的雙手相當俐落熟練，為了替相片營造出更加濃烈的氣氛，需要靠電腦特效和修飾去對它施予魔法，將不可能化為可能，這也是他的樂趣之一。

還未完成今天預計達到的進度，他沒有要休息的打算，端起一旁的黑咖啡輕啜一口，咖啡的苦和香一瞬間在舌尖上蔓延，使腦子稍微清醒了些，他繼續全神貫注在電腦螢幕上，此時手機鈴聲卻突然響起，打斷了他的思緒。

他動作緩慢地摘下眼鏡，一手揉著疲憊的眼角，一手將話筒湊近耳邊：「……喂？」

「李想，抱歉這麼晚打給你，還沒睡嗎？」

「老師？」對於老師突如其來的來電，李想感到相當詫異，一定是出了什麼大事，老師才會選在這麼奇怪的時間點打來，想到這，他的睡意瞬間全無，「沒關係，我還沒有要睡，怎麼了嗎？」

「你先不用緊張，不是什麼壞事，首先要先恭喜你全國攝影大賽獲得銀牌獎。」

前陣子參加了全國攝影比賽，就在不久前才接到得獎的通知，目前應該不多人知道，實際聽見老師溫柔的祝賀聲，令他感到有些不好意思。

「沒什麼……還有很大的進步空間，和優勝差得多了。」想到明天去學校應該會被誇張地恭喜歡迎，還會被大肆宣揚，他就感到一陣疲憊。

「哈哈哈……別謙虛了，所有獲獎的人當中只有你還是學生，能得銀牌獎已經很不容易了，你的努力大家有目共睹，這是你應得的！」老師爽朗的笑聲傳入耳中，將他的負面情緒一掃而空。

嗯……雖然比自己厲害的人滿街跑，感覺離優勝還有好大的距離，但好不容易得了獎，偶爾還是要替自己驕傲一下，老師的祝賀，他就欣然收下了。

不過這次完全是因為有老師的幫助，要不是老師拚命鼓勵他去參加比賽，他也不會有勇氣去與這麼多專業人士競賽，老師是他非常重要的貴人。

「啊，差點就忘了正事了。」老師的聲音突然變得嚴肅正經，令人不禁屏氣凝神聆聽，「李想，你要不要去英國？」

「……什麼？」他還以為是自己聽錯了，短短幾秒內，老師的話在他腦中徘徊了好幾十次。

「英國負責培育模特兒的名校，前陣子在網站上發布了一則重大消息，徵求各國拍攝練習的學生，我們學校替攝影系的學生爭取到這個機會，有五個名額能夠受邀到英國名校進行一個月的進修，和當地學生一起做拍攝練習。他們似乎對你很有興趣，因為看過你在全國攝影大賽的作品，很期待你的表現。」

聽完老師滔滔不絕的解說，李想依然覺得腦袋一片混亂，沉默了好一陣子，老師得不到回應只好默默開口：「怎麼了嗎？你應該也不需要擔心英語方面的問題吧？還是擔心媽媽不同意？」

「不是這些問題，老師……你是不是又偷偷幫了我？」

老師愣了幾秒，隨之輕笑，「雖然的確是我傳大家的作品集給他們，但那也是你們自己努力來的呀，跟眾多專業學校競爭還能突破重圍，千百個作品中被看上真的是不容易，大家如果表現得好，對他們學校來說也是一種榮耀。」

李想依然沒有任何回應，老師的聲音再次變得低沉認真，「其他人幾乎都二話不說答應了，李想，這種難得的機會不會有第二次，對你的未來一定大有幫助的！」

他的眼眸漸漸黯淡了下來，原本揚起的嘴角又恢復平行，整個人被沉重的霧霾包圍。

「……我知道了，我會考慮的。」

雖然是這麼說，但他依然困在掙扎中，彷彿深陷無盡泥沼中無法脫身。老師說的沒錯，這個機會太難得，錯過就不會再有了，也只有一個月，轉眼就過去了……

並不是擔心身處異鄉或是怕太辛苦，譚子媛離開也一年了，想必也不可能在這一個月的期間內回來……明明就有這麼多理由，為什麼自己還是沒辦法馬上得出答案呢？為什麼還要苦惱呢？

他不了解現在的自己，不懂自己現在到底在害怕什麼，究竟在逃避什麼？

結束和老師的通話，像是全身突然沒了力一樣，他緩緩放下握著手機的手臂，抬起頭輕嘆，無力地闔上雙眼。

明明一直跟在我身後就好了的，明明再繼續努力就能到我身邊的，只要看見妳還在我身後奔馳，我一定會停下腳步等待的啊……

「不要擔心啦，我會一直在你身邊的，哪裡都不會去！」

騙子。

整晚沒有睡好，老師的話不停徘徊在腦海裡，他也不停地在思考掙扎，最終還是得不到一個解答，如果放棄這次機會一定會後悔的，只是抱持著這樣的心態決定放手一搏，但心裡還是有個無法抹消的疙瘩，就連自己也找不到原因。

他不疾不徐走進校門，和昨晚預測的一樣，公告欄貼滿了他得獎的報導，路過的其他學生也朝著這裡指指點點，來自四面八方的視線盯得他渾身不自在，這是他第一次用快走的方式進入教室。

一踏進教室，果不其然又有一陣排山倒海的聲浪朝他襲來。

「啊、李想來了！大明星終於來了！」

「喂——你超強的啦！銀牌耶！我看到的時候還不敢相信！」

「唷呼～攝影系的超級偶像！」

大家你一言我一句的熱烈祝賀和歡呼，一瞬間全衝了上來圍住他，不擅長對付這種狀況，李想尷尬地愣在原地，眼神飄向坐在座位上的玲玲和小賴，感受到李想正在求救，兩人忍不住噗哧一笑。

李想一直都是表現得從容不迫，從未見過他手足無措的模樣，看著他不知所措地朝這裡投射求救目光，玲玲打從心底覺得既好笑又可愛，她和小賴互望了一眼，最終決定動身往人群前進。

「大家冷靜點，雖然李想得獎是很厲害的事，但我這裡也有很大的新聞！」玲玲扯開喉嚨壓過大家的吵雜聲，成功吸引到全場的目光。

很大的新聞？李想對她的話一頭霧水，他只是要她來救他，應該沒有必要用這種方式轉移大家的注意吧？

正當李想還有些擔心，不知道她會怎麼做結尾，只見玲玲自信滿滿地揚起一邊嘴角，「我們……要去英國訓練啦！」

她一語驚人，果真立刻引起全場的驚豔聲，在一群像是記者拚命提問的激動聲浪中，李想更是不可置信地瞪大雙眼，「這是怎麼回事？你們……也要去嗎？」

小賴緩緩從後方竄出，走到玲玲身旁，兩人威風凜凜地擺著姿勢看向他，「不然你以為只有你要去嗎？我跟玲都有接到老師的電話，才不會讓你一個人占盡風頭咧。」

李想還是相當詫異，暫時無法回神，原來……他們兩人也接到了通知，而且毫不猶豫地答應了，自己卻還在原地掙扎，不敢離開這裡、不敢再向前，到底是為什麼？

兩人的爽朗俐落帶給他的打擊似乎不小，李想緩緩垂下頭，再次跌進無止盡循環的苦惱黑洞中，見狀，小賴和玲玲多少能明白他的想法，小賴不疾不徐地走到他身邊，拍他的肩給予他鼓勵。

「雖然我們不知道你在擔心什麼，但這趟你是必去的，如果你真的熱愛攝影的話，就該捨棄自己的想法。」

小賴的話彷彿是槌子狠狠給他一個重擊，使他的腦袋慢慢清醒，雖然有些不留情面，但也說得相當正確，眼前的阻礙物要想盡辦法清除，更不可能阻擋自己的腳步，這就是立定目標後的決心。

原本黯然的目光閃過一絲光線，他倏地抬起頭，「我知道了，但是我還是想弄清楚一些事，等我一下。」

只見他不疾不徐走出教室門口，所有人都一頭霧水，搞不清楚李想這個人的想法和舉動，聽見了鐘聲響起，大家只好抱著一顆好奇又莫名的心坐回座位上等待上課。

李想站在教室旁，拿著手機等待電話接通，一聽見久違的低啞嗓音，他不禁感到雀躍，「老闆，好久不見。」

「一下」的老闆，在他還是初學者時不嫌麻煩地指導，願意給他一個既能學習也能賺錢的工作，甚至推薦他來台南讀書，是他的啟蒙者兼大貴人。

自從來台南就沒再見過老闆，回台北時也沒有時間去「一下」露臉，說實話還滿想念大家的，即使在台南的其他攝影工作室工作了，也時不時就會想起那個像是第二個家的地方。

老闆也久未接到李想的電話，滿是驚喜，兩人稍微聊了一會，老闆大致聽了一下李想最近的狀況，決定給這個迷路的孩子一個啟發。

「所以簡單來說就是，眼前有個大好機會你卻沒有一口答應，你心裡很清楚自己一定會去，卻又不知道在苦惱什麼，對嗎？」

「……」雖然老闆說得沒有錯，但這樣聽起來怎麼好像自己很莫名其妙？

「你應該是擔心自己又往前跨了一大步，遠在後方的譚子媛根本跟不上吧？」老闆用著有些嚴肅的口吻說道：「你是不是太小看譚子媛了？」

老闆突如其來的一句話使李想愣住了。

「你們一直以來都在一起，你突飛猛進，只能愣在原地的她不會不甘心嗎？光是我一個旁人聽片面之詞，就能感受到她有多不甘心了，你是不是沒有站在她的角度替她想過？」

的確……他並沒有顧慮到譚子媛的感受，他知道她很努力了，對於沒有考上台南的學校也很沮喪，但他沒有想到自己竟會是譚子媛比較的對象。

自己越是完美，給譚子媛的壓力和挫敗感就越大……

未曾想到的是，原來一直像個孩子的她竟然也會想得這麼多……

「她一定很清楚你們之間的差距有多大，是人都會喪氣的，這種時候不是放棄，就是將氣餒化為更強大的力量。」

「你只要相信她不是選擇放棄的那一方就好了吧？」

他倏地瞪大雙眼，腦袋被澆了桶冰水，老闆的話一下子讓他澈底清醒。

只要相信她就對了，不需要在意其他事，不需要擔心她還在不在後方、跟不跟得上自己的腳步，只要相信她一定會追上來，所以自己也要拚了命向前衝。

除了相信她以外沒有其餘選項。

李想垂下眸，若有所思的模樣令人摸不清，在老闆還來不及說下句話的同時，他先開了口：「老闆，謝謝，一個月後回台北再見。」

「啊……？」老闆還來不及反應，立刻被李想掛了電話。

一找到問題和答案，想通了之後感覺全身瞬間變得輕快了起來，就連風都變得清爽，李想衝進教室內，無視正在上課的老師，他抬頭挺胸地走到講台前與老師四目相對，給予他一個肯定的眼神。

「我會去，英國。」見老師詫異地愣住，他輕輕揚起嘴角，「老師，麻煩你了。」

看著全班都被李想突如其然的舉動嚇得一愣一愣，作夢也想不到李想會如此颯爽豪邁，小賴和玲玲在後方不敢置信地互望一眼，隨即掩口而笑。

和最信賴的兩人一起學習，一定會收穫良多。

他開始有些期待了。

又在忙碌中過了一個暑假，九月開學季，三年級的大學生活即將展開，而李想等人正好從此時開始要到英國進修一個月，為了專心學習而暫時辭去在台南的工作，期待大過於緊張，心情雀躍不已。

自己學校的攝影系有五個名額，五位都是攝影系表現當優秀的資優生，李想很慶幸小賴和玲玲也被選上，有認識的人能陪伴好比自己一人孤單，還能和他們做專業上的交流。

早就在開學前就做好萬全準備，行李全打包好放在門口一個多月了，今天終於能將它派上用場，李想整晚沒有睡，直到下午集合時間前一小時，他不疾不徐地拖著行李出門。

到了機場，馬上看見玲玲站在中央朝著自己揮手打招呼。

「Hello～」玲玲看起來很有精神，但一旁的小賴就不是這麼一回事了，黑眼圈重得嚇人，打招呼的聲音有氣無力，看來他昨晚一定也緊張得睡不著覺。

「你好，我們是B班的。」其他班級的兩人同時向李想打了招呼，順便禮貌性地向他做個自我介紹。

李想錯愕地愣了幾秒，隨後立刻回應他們：「你們好，我……」

「啊，你不用自我介紹沒關係，我們都知道你是李想啦！」其中一位笑臉盈盈地打斷了李想的話，另一位接著說：「你在學校的表現很優秀也很有人氣，最近還得了全國攝影大賽的銀牌，真的太厲害了！」

「沒什麼……」他不好意思地微微低下頭，立刻遭到玲玲笑嘻嘻地拍背攻擊，「謙虛什麼啊～人家在稱讚你就好好接受嘛～」

玲玲是個有點粗枝大葉的女孩，而她異於常人的地方就是力氣相當大這一點，不會掌控力道，就算是在玩耍也會將人打到受傷。

「住手啦，李想要被妳打死了……」聽著驚悚的宏亮聲響，小賴馬上衝上前去阻止她。

大家看起來都能夠和諧相處，想必這一個月將會過得很順利。

正當大家聊得不亦樂乎的時候，發現一抹熟悉的身影走了過來，老師正步著愜意緩慢的腳步，拖著名牌行李箱，大搖大擺地朝這裡走來，大家倏地變了臉色，無言地看著他漫步而來。

「咦？大家都到了？怎麼這麼早啊？」

玲玲的臉色糟到不行，幾乎能看出她額頭上爆了幾個青筋，「不就是老師你約這個時間的嗎？結果你自己最晚才到……」

「老師……你到底是要去工作還是去玩啊？看起來好像要去度假……」小賴也默默補了老師幾槍，所有人看起來都很無奈。

「胡說！我盡忠職守，犧牲了陪伴家人的時間，陪你們去英國耶！」

「你明明就很開心！還在偷笑！」

所有人嬉鬧成一團，沒想到就連老師也一起加入，看來今天真的是很特別的日子，在這一成不變的生活中竟也會有這樣的小插曲發生，即便這趟旅程並不是去玩樂，還是令人相當期待雀躍。

不理會還在嬉笑打罵的大家，李想一人默默走到櫃台，向人員確認了護照後，拿取機票，將行李交給身旁的服務人員，他轉過頭望向大家：「你們，要趕不上飛機了。」

大家才手忙腳亂地一起跑來櫃台辦理。

第一次走進機場感覺相當新鮮特別，原本對出國的流程一竅不通，只有聽朋友說過和在電視上看過，實際體驗感覺耳目一新。

期待了這麼久，今天真的要離開臺灣了……

他不禁回頭往門口望了一眼，內心深深期盼會有宛如偶像劇的畫面，突然會有一陣熟悉的嗓音叫住他，譚子媛就這麼跑了過來，拜託他不要走、留在自己身邊……

偶像劇終究是偶像劇，他為自己的想法感到好笑，將譚子媛的事拋之腦後，現在他必須面向的是工作和未來，眼前只能塞得下這些，他這麼向自己約定。

李想一上飛機立刻和小賴交換位置，變成小賴坐窗邊，他沒有詢問原因，多多少少感覺得出李想似乎有懼高症，不能帶著輕鬆愉悅的心情俯瞰窗外的景色真是太可惜了。

李想安穩地坐在走道旁的位置，戴上眼罩隔絕光線，聽著只有讀書時才會聽的輕音樂，打算靜下心，不要去想現在自己正飛離地面，他努力催眠自己盡快入睡。

「我覺得好興奮喔。」

像是痴漢的發言從身旁傳進耳裡，李想還以為自己聽錯了，他倏地將眼罩掀開，蹙起眉，用奇怪的眼光上下打量發出聲音的小賴。

「幹麼那樣看我？」小賴發現李想的視線有些不對勁，隨後馬上察覺到自己的發言引人遐想，他急忙解釋：「真、真的很期待啊，專門培育模特兒的名校耶，一定會有很多美女吧！你不期待嗎？」

李想收回目光，將眼罩蓋回眼睛上，「沒什麼感覺，我比較期待拍攝。」

「你是鐵壁還是絕緣體嗎？在你身上看不到身為男人應該要有的態度耶。」

「身為男人就應該要做好自己分內的工作，不然怎麼給妻小一個好家庭？」

小賴不敢置信地雙手摀住嘴，沒有想到李想會說出如此有男子氣概的話，一個即將二十歲的少年有著三十歲的成熟靈魂，不只長得帥、有能力，甚至有擔當又負責任，小賴感覺自己都快愛上他了。

「我可以當你老婆嗎？」

「你現在就給我跳機。」

兩個月前，在確定要去英國的那天，他向以前高中朋友們的群組發了訊息，自從譚子媛離開後，群組變得死氣沉沉，距離上一次聊天已經是半年前了……但是大家預料不到的是李想久違地在群組出沒，竟是宣布要離開臺灣的消息，大家都相當錯愕，簡直不敢置信。

「……認真？」

「都還沒等到小媛回來，怎麼連你也……」

「怎麼原本只是去台南，現在又要跑到國外了啊?!」

看得出譚子媛的離開帶給大家的傷害依然存在，現在又面臨其中一員要出國，即便只有一個月，還是令人感到不安心。能夠理解大家在此時無法像之前他下台南那樣真心祝福他，畢竟正好是在低潮時期。

「我們全都各奔東西」、「感覺好像就要快分崩離析了」不希望大家會有類似這種不好的想法，他答應大家會一直與他們保持聯絡，並請他們留意譚子媛，若是在這一個月期間內有她的消息，一定要立刻告知他……

就算不在同個土地上，即使無法馬上見到她，他也想第一個聽見她的聲音。

在香港轉機，經歷了約十五小時長途的航程，終於抵達英國倫敦，一到倫敦市區，所有人都不禁「哇——」的發出驚嘆聲，放眼望去全是精緻復古的建築，明明只是一般住宅，看起來卻像是城堡一樣華麗。

身為攝影系的學生們紛紛拿出相機，將這些美不勝收的風景紀錄下來。

相較臺灣燦爛耀眼的烈陽，英國的陽光顯得相當柔和溫暖，一點也不刺眼的太陽帶來一絲暖意，不管是走在街道上或是一旁綠地上野餐的民眾，都顯得相當愜意舒暢。

原本萬全準備的戰士們全被眼前美麗的景象給擄獲了，瞬間忘了來這裡的目的，也好幾度差點忘了要拍照，幸好有老師在一旁拉著大家，才喚回大家飄遠的意識。

朝著目的地前進時經過了位於泰晤士河畔附近的有名景點——大笨鐘，就連李想也忍不住停下腳步，目光完全被眼前古典浪漫的鐘樓給吸引住，像是童話故事中才會出現的美麗鐘樓就聳立在自己的眼前，讓人都快搞不清究竟是鐘樓跑到現實世界，還是自己跑進童話世界了？

感覺四周瀰漫著羅曼蒂克的氣息，令人驚豔不已，像是井底之蛙的孩子們全合不攏嘴，按著快門的手指根本停不下來，光是拍攝大笨鐘就快占盡相機的記憶體。

在這裡，即使閉上一秒眼睛都覺得可惜。

李想緩緩放下手中的單眼相機，想好好用自己的雙眼欣賞這些精緻典雅的建築，他默默不語地盯著大笨鐘，首先浮現腦海的是出現在《彼得潘》裡頭的畫面，彼得潘帶著溫蒂和弟弟們飛往永無島的路程中，也有經過像大笨鐘一樣的鐘樓，還在上頭停歇了一會兒，小時候看到這一幕就覺得若是長大後能親眼看看這樣的鐘樓該有多好，沒想到現在真的實現了……

現在自己就站在這個彷彿童話故事的世界，感覺實在太不真實，而在此時在意識深處的那抹身影又再次浮上腦海，說著自己是彼得潘這樣的童言童語，一個不忍心看他受傷、願意帶著他逃往永無島的那個人……

若是能和妳一起看就好了。他斂起目光，切斷了所有留戀，邁開步伐朝目的地前進。

玲玲發現到李想有些反常，剛到倫敦時原本雙眸還閃爍著光芒、拚命按著快門的，怎麼突然又安靜了下來？

對於李想突然其來的異常模樣，她有些擔憂卻又不敢上前詢問，只能默默跟在後頭，與小賴交頭接耳：「李想怎麼了啊？突然就不講話了，剛剛不是還好好的嗎？」

小賴無奈地聳了聳肩，「妳也知道，神祕如他，沒人摸得透他的想法。」

「他對在台北的事都隻字不提，雖然之前有看見他在和以前高中群組的人聊天，至少可以得知他在高中並不是沒朋友……」玲玲苦惱地思考著，「但是他都不主動跟我們聊聊自己的私事，之前來學校找他的那個女生也不知道是誰，明明我們是朋友，感覺……」

小賴沉默了幾秒，眼神在此刻變得黯淡，令人難以猜測，隨後又立刻揚起淡淡笑容，「想了解他就去問啊，我想他只是不好意思自己提，如果妳問了他應該會回答的。」

「什麼想了解他就去問啊，要是被拒絕回答有多難堪啊。」玲玲的音量漸小，對於小賴的言語感到有些尷尬，「想了解是當然的，因為是朋友啊……」她小聲呢喃了幾句，快步逃離小賴身邊。

「不是吧。」小賴朝著她的背影給予否定，只見她倏地停下腳步、愣在原地，他再次開口：「是因為妳喜歡他吧？」

玲玲的身子顫抖了一下，瞪大著雙眼回頭望向一臉無所謂的小賴，感覺自己的感情像是被揶揄一般，她感到氣憤不已，「你在開玩笑嗎？」

「我很認真。」小賴漫步走向她，「李想曾經時不時和一個女生通電話，他這樣難搞的人，要能時常和他通話的女生一定不只是朋友的關係，何況他之前不是才傳出有個台北女朋友的消息嗎？」

「台北女朋友那個完全是為了甩開煩人的追求者才扯的謊吧，和他通電話的女生為什麼不能只是普通朋友？說不定是家人親戚啊。」

「如果妳真的是這麼想，那妳對李想的喜歡也只有這樣而已吧。」面對玲玲似逃避的態度，小賴變得更加強硬，「妳再沒有任何表示，一定會出現其他搶走李想的女生。」

見小賴嚴詞正色的認真模樣，玲玲有些退縮，雖然很想反駁他卻無能為力，就她認識李想這兩年來，從來沒看過李想對任何女生動心，明明正值談戀愛的青春年華，卻對戀愛一點興趣也沒有的樣子。

彷彿銅牆鐵壁一樣，李想對任何人都保持著生人勿近的態度，不准陌生人隨意闖入他的私人範圍，不認識李想的人都相當害怕他，他們也是花了好久的時間才漸漸能與他交談，若是抱持著想成為他女朋友的心情靠近他，也許會被毫不留情地甩開。

只要想到這，自己就不敢向前，但就像小賴說的一樣，現在要去的地方可是模特兒學校，一定會有很多身材又好又漂亮的美女，自己要是沒有任何表示，一定會連起跑點還沒踏上就出局了。

自己唯一有自信的，就是和李想有共同興趣和這兩年的相處……一定要把握這次機會，表明自己的心意才行。

「……你會幫我嗎？」

一路上受到太多美麗的景象和建築所吸引，大家時不時停下腳步拍攝，原本預計能夠悠閒愜意地走，最後只能匆忙地奔馳，搞得所有人一身狼狽才到達目的地。

到了目的地又再次讓大家大開眼界，校園採用巴洛克式建築，顯得高雅華麗，裡頭遼闊寬敞，一走進去就能看見一座水池，陽光照射在水面上閃閃發光，聽著水流的聲音使人感到平靜，走在紅磚地上，感受迎面吹拂而來的微風，腳步彷彿都變得輕盈。

老師帶領著大家到一棟大樓前等待，不久後聽見裡頭傳來七嘴八舌的吵雜聲，聲音逐漸靠近，一位金髮碧眼的年輕男子帶著成群列隊的女孩們走了出來，和他們預期的一樣，全是一群身材高䠷、凹凸有致的美女，明明和自己差不多年紀，女孩們卻已有模特兒的架勢和風範，一字排開場面相當壯觀。

「Hello～很高興見到你們，其他學校的人也都來了，先進來再說吧！」

鮮少聽見道地的英語腔調，氣質又悅耳，雖然在場的大家英語能力都不錯，但畢竟是要和真正的英國人對話，還是讓人感到緊張。

絕對不能失誤——來自李想心裡的聲音。

女生也太高了吧，身為男人我顏面盡失——來自小賴心裡的聲音。

那群女的絕對已經看上李想了，還在交頭接耳討論他——來自玲玲心裡的聲音。

金髮男子應該就是模特兒系的老師，和我們的老師似乎很聊得來，學生們跟在他們後頭，一同進到大樓裡的教室，和其他學校一起邀請來的學生集合、做完簡單的自我介紹，金髮老師決定先帶其他老師們做校園參觀，再來開始拍攝練習。

老師們一離開，模特兒系的女學生全朝李想的方向一擁而上，玲玲和小賴一下子被擠到旁邊，同時也在心裡默默佩服，真不愧是西方人，完全沒在怕的直接衝上前去搭話，好熱情大膽啊……

「你們是從臺灣來的嗎？」

「你有在練身體嗎？喜歡上健身房嗎？」

「你有女朋友嗎？你喜歡怎麼樣的女生？超過一百七十公分可以嗎？」

一群快逼近李想身高的高䠷美女圍繞著他，幾乎快將他給淹沒，沒有想到自己東方長相在國外竟然也吃得開，但總是要回應這種問題，對於他來說這是件困擾的事，要不就乾脆假裝自己不會說英文好了……

面對大家熱情的招呼，李想感到相當不自在，正當他還在考慮要怎麼脫離這陣風波，從後方傳來一陣令他在意的聲音。

「你是Xiang-Lee嗎？」

從未聽過有人用英文名字喚他，李想倏地轉頭望向上前搭話的模特兒學生，一下子對上她的碧綠色瞳孔，他愣愣點頭，仔細端詳才發現是個淺棕髮綁著馬尾的女孩，但是自己應該和她沒有見過面才對，為什麼她會知道自己呢？

女學生與他對視了幾秒，感覺他充滿魅力的雙眸似乎會無意識放電，沒想到自己竟會因為與異性四目相交而感到害羞，「我們都有聽說過你，也有看過你的作品，一直都很期待你來，見到你真的嚇了一跳，跟傳聞中一樣帥！」

聽說？聽誰說的？就算自己有得獎，應該也不至於揚名到海外啊……李想滿肚子的疑問。

見李想不打算回應，卻澆不熄女學生的熱情，她開朗地邀請：「你要來看看我們的作品嗎？」

聽見「作品」二字，李想的眼睛似乎閃爍了一下，彷彿在這瞬間能夠看見他冒出狗尾巴正在大力搖晃著，期待在他臉上表露無遺，他用力地點頭答應。

女學生輕笑了幾聲，沒想到眼前令人生懼的冰牆也會露出這樣的可愛表情，也沒有想像中那麼難攻略，似乎只要扯到工作上的事就能成功引起他的興趣，看來是個超級工作狂，喜歡的類型應該就是辦事能力好的女強人了吧，只要讓他多看看自己拍攝時的認真模樣，應該就很有機會了……

她一邊在心裡計算自己有多少成功機率，一邊拉著李想穿越人牆到一旁的辦公桌，讓他翻閱學校的月刊雜誌。

李想認真地翻閱著雜誌，短短幾秒便投入其中，神情相當專注地觀察每張相片，背景、構圖、光線、角度……先是注意到攝影的方面，讓他差點忽略了模特兒的存在，仔細端詳，發現模特兒各個都散發著自信魅力，明明只是一張平面的紙，卻能感受到從中散發出的強大氣勢。

他緩緩翻閱頁面，不禁悄悄在心裡佩服這間學校培育的模特兒素質都很好，肢體自然不僵硬，姿勢和表情應該經過多次訓練才能如此自然不做作。

「這些是在學校的攝影棚拍的，然後這些是外拍，這張是去外面街道上拍的……」女學生在一旁耐心地介紹。

翻到某個頁面，李想的視線立刻被相片中的女孩所吸引，黑色頭髮……在英國很少見，是東方人嗎？因為逆著光線，看不太清楚長相，他停下動作，神情相當專注地盯著這張令他在意的照片，一個長相清純乾淨的女孩，穿著白色洋裝，笑得如花綻放般燦爛，背景是耀眼奪目的陽光，將整個畫面點亮了起來。

仔細端倪相片上模特兒的面容，熟悉的笑容與記憶中的畫面重疊，李想愣住了，他在心裡默默否認自己的想法，一邊伸出手指指向照片。

「這個人……妳認識嗎？」

雖然只有短短一句話，卻驚豔到了女同學，李想一直不肯開口，她還以為他不會說英文，沒有想到李想的咬字口音如此正確悅耳，一點也不像外國人。

「Yuan？她也是臺灣人，在這裡是很有人氣的喔！」女學生自滿地介紹起自己的朋友，「對了，就是她跟我說你的事的……」

語還未落，身後馬上傳來一陣吵雜聲，引來了身旁女學生的注意，只聽見女同學轉過頭朝著後方喊：「Yuan，妳遲到了！」

「又睡過頭了嗎？」

「昨晚老師不是有說今天要提早到校嗎？」

其他同學也跟著附和，遲來的女孩從容不迫，臉上掛著一如往常的笑容，輕輕地開口：

「Sorry.」

聽見應答的甜美嗓音，猶如電流竄過身子一般，李想整個人倏地僵直，瞬間無法動作。

「不要擔心啦，我會一直在你身邊的，哪裡都不會去！」

應答的聲音如此熟悉，幾乎與夢中的她重疊，瞬間敲擊了深埋在李想腦中的記憶，一次又一次，用力地敲擊他漸遠的意識。

周遭的空氣變得稀薄，就像突然被掐住脖子一般，他感覺呼吸開始悶滯，彷彿快窒息，能清楚感受到心臟大幅跳動，似乎快下一秒就會迸出身體般劇烈，他用力壓住左胸口，努力壓抑心中油然而生的畏懼。

「逸哲說……大概在一兩個月前吧，他和小媛告白了，因為前陣子的小媛低落到不行，逸哲才想盡辦法要她找回以前那個譚子媛，小媛只說了：「你的勇氣我收到了。」，之後就再也沒有聯絡了。」

「一兩個月前吧……畢業後第一次見到她，那一次之後就再也沒看到她了……」

「那她……現在在哪？」

「……我不知道。」

「她沒有……留下任何想對我們說的話嗎……？」

「把你困在回憶裡的，不就是你自己嗎？」

絕望、不解、疑惑、憤怒、不安，還有跟著他一年的煎熬掙扎，所有回憶都在此時一次爆發！

不可能……為什麼……

他不敢置信地瞪大雙眼，屏住呼吸，努力抑制發軟的雙腿，卻無法抑制開始在心中蔓延的緊張畏懼，他知道自己不能退縮，唯一能做的只有面對。

為了壓抑住顫抖的雙手，他攥緊雙拳，力道大得指甲陷進肉裡，下定決心，他緩緩回頭察看……

當那張日夜所思的面容映入眼簾，李想感覺頭腦似乎一陣暈厥，他最想念的那張笑臉，一下子佔滿了他的眼眶，他簡直不敢相信，他最喜歡的那個女孩，現在就站在他的眼前。

遲了一年的見面，原因來自未告別的她，不打算與任何人聯繫，獨身一人揹著行李就這麼人間蒸發，而她現在就在這，展露最熟悉的燦爛笑容。

是我日有所思夜有所夢的畫面，是我日以繼夜地祈禱才換來的。

這一刻，時間彷彿停止了，與心跳同時按下暫停鍵，周遭瞬間變得安靜，好像只剩下他和她在這裡面面相覷，令他忘了呼吸。

她就佇立在那，在我面前，跟夢一樣。

第七章

「Hi.」譚子媛站在門口，與站在遠處的李想四目相交，漾起溫柔的笑容，見到他似乎一點也不吃驚，她一副若無其事地向他打了招呼，「好久不見。」

面對態度泰然自若的譚子媛，李想瞬間傻住，他突然想起自己曾經想過見到譚子媛時要說什麼話……

妳為什麼在這？妳知道我要來？為什麼不聯絡我們？為什麼不告而別？

大家都很擔心妳，找妳找了好久……妳到底在搞什麼……

腦袋混亂地打結成一團，眾多聲音充斥在耳邊一瞬間將他淹沒，他愣了許久，像是靈魂被抽離般空蕩，所有話語全卡在喉嚨裡。

曾經想過若是見到她一定要好好修理她一頓，現在真的見到了，卻一句話也說不出口。

一年了……加上我去台南的一年，和妳消失的一年，已經有兩年沒有見面了……

好想見妳，一直抱持這樣的想法走了過來，現在終於見到妳了，我激動地無法抑制顫抖的身子，而妳卻是以從容不迫的態度面對我？那樣若無其事地招呼到底算什麼？

妳……究竟是以什麼樣的心情來見我的？

李想無法思考，只有傷心和憤怒逐漸龐大，在他體內不斷衝撞，指甲陷進肉裡卻感覺不到一絲疼痛。

從心底燃起的猛烈火勢久久無法平息，烏眸映照出譚子媛泰然的神情，他由憤怒轉為失望。心近乎化成灰，李想收回目光轉身離開，留下得不到回應的譚子媛和愣住的學生們。

看見兩人之間瀰漫著無法言喻的奇怪氛圍，在場的學生們全像在看偶像劇，譚子媛說了她們聽不懂的中文，只說了四個字，李想似乎怒火中燒，什麼話也沒說，帶著強大的氣勢甩頭就走，即便好奇，大家也不敢上前多問。

隨著李想的離開，整間教室充斥著尷尬，譚子媛輕輕垂下眼，睫毛的陰影映在頰上，眸底盡是深不可測，讓人霧裡看花。

「怎麼回事？他們認識？為什麼李想會認識在這裡讀書的學生……」一場浮誇的劇情在眼前上映，玲玲一頭霧水，轉頭低聲詢問小賴。

小賴蹙起眉，無法給予任何回應。

雖然這兩年一直都在李想身邊，他們卻一點也不了解他，就剛才的情況來看，兩人的關係相當複雜，他猜測，這女孩是李想以前時常通話的女生，但是為什麼她會在這？為什麼李想見到她會是這樣的反應？答案無從得知……

「妳們都認識她嗎？」玲玲實在無法抑制越來越膨脹的好奇心，用一口流利英文詢問身邊的英國學生。

「Yuan？我跟她不同班級，但沒有人不知道她，她是一年級的模特代表，一年級就被刊登在我們學校的月刊雜誌封面，表現非常優異也很有人氣。」英國學生有些驕傲地說，看來那個女孩在這間學校的影響力真的不小，帶著崇拜眼光的人不少，反之，也容易引來妒忌的眼神。

小賴不小心聽見了她們的對話，他對於女學生的話有些在意，使他陷入一陣苦惱，突然，他想起了方才所有人喊那女孩的名字，Yuan……淵？遠？苑？媛？

他努力地在記憶深處尋找李想曾經說過的話，當時兩人去居酒屋，無聊玩起了真心話大冒險，因為是故意灌醉李想才聽到的八卦，自己也是有些微醺，聽來的片段話語七零八落，只好靠自己在腦中將其組成完整的句子。

「我喜歡吃咖哩……但不喜歡紅蘿蔔太大塊。」

不、不是這個，我不在乎你喜歡吃什麼……而且你是小孩子嗎？是男人就給我大口地吃下紅蘿蔔！

「平時不敢說的真心話喔？嗯……我曾經拿過你拭鏡布去擦地板。」

喂——！真的假的？我現在才想起來！我就覺得奇怪，我珍惜寶貴的布上面怎麼會黑黑的，王八蛋！

不行，不要鬧了，就快想起來了，加油我的腦袋！好像是一個朋友……一年前……台北……像是在記憶汪洋中抓住一根救命樹枝，小賴倏地瞪大雙眼，激動地拍了拍玲玲的肩，「那個女生……」他欲言又止，決定照實稟報，「好像是一年前突然人間蒸發的朋友，什麼話也沒有留下就離開了，李想和他台北朋友好像都很受打擊……」

他終於想起，當時明明已經醉得幾乎不省人事的李想，露出了從未有過的神情，一說到這女孩的事，又立刻開了一瓶酒，明明一直在胡鬧傻笑，卻又感覺下一秒就會發瘋似地哭出來。

那時候的李想真的瘋得相當澈底，沒有想到他的酒品會這麼差，現在想起來還是不禁打冷顫。

好像是叫譚什麼媛的，就旁觀者看來，也看得出李想真的很在乎她……

「消失了一年？而且還是不告而別……」玲玲用她沒有想像力的腦袋幻想了一下，如果是自己的好朋友什麼話也沒有說就離開，見到面了還是那樣淡然的態度，何等的狠心……感覺自己就像白癡一樣，痴痴地在原地等了這麼久卻迎來這樣的回應，她完全無法接受！

雖然並不是當事人，玲玲卻為李想感到心疼不捨，她壓抑住內心悄悄燃起的火苗，眼神瞥向背對著自己的譚子媛，她看得出兩人之間一定不是普通朋友的關係，但這令她更不甘心。

大家都搶不到的位置，妳輕易地占走了，憑什麼想離開就離開……太自私了，就這樣拍拍屁股走了，都不知道李想會有多傷心，這樣的人……絕對不會把李想讓給妳……

玲玲有些著急了，面對李想不尋常的模樣，看似相當動搖，屹立不搖的厚重冰牆就在見到那女孩的瞬間瓦解，她一點也不想讓李想回到那種人的身邊，不管他們認識得有多久，不管李想是不是真的喜歡這女孩，那都是過去式了，這兩年來陪在李想身邊的是她，她必須要對自己有自信。

如果是我……才不會讓李想露出那樣傷心欲絕的表情。

老師們參觀完校園，經過一番討論後決定在後花圃進行拍攝練習，因為正好是在建築物的後方，不管是要以花圃或是以紅磚牆作為背景都可以，能夠讓學生們發揮各自特長和想像力。

金髮老師簡單地為此地做了些介紹，同時教導模特學生們一些能夠善用此場地的姿勢，換到我們這邊的攝影老師時，老師沒有特別想交代的話，只簡單丟了一句：「想怎麼拍就怎麼拍吧！」立刻引來大家的不滿，玲玲甚至作勢要揍老師，老師也調皮地躲開她的攻擊，引起現場一片歡笑。

大家可能都認為老師太偷懶，就連指導或鼓勵的話也不願意多說，但就李想來看，老師是相當信任他們一定能拍出優質作品，不想給予他們太多壓力，希望他們不要將此作為職業工作上的「練習」，而是抱著興趣好玩的心情去進行拍攝，拍攝出來的作品會有不一樣的呈現。

正當所有人正在苦惱該如何分組的同時，旁邊突然一陣騷動，李想緩緩抬起眸，目光馬上被眼前的畫面吸引，只見三個穿著便服的模特兒一個接一個從穿堂走了出來，其中最顯眼的就是黑髮的譚子媛了，在一群金色棕色之中顯得相當引人注目，引起周遭的議論紛紛。

「我選了幾位代表來做示範，請二年級的學姊們先開始吧。」金髮老師指導著，排好了先後順序，棕髮的女學生立刻向前走到定點位置，另一位金髮女學生在她後方等待。

李想意外聽見身後的女學生交頭接耳的對話，窸窸窣窣的聲音似乎是在議論譚子媛，內容大致上是在說譚子媛比較受到老師的青睞，令人妒忌厭惡，一年級似乎只有譚子媛被選上作為模範表率，看來剛才的女學生說譚子媛在這裡表現優異、小有名氣不是胡說的。

李想拿起自己的單眼相機，突然發現一旁刺人的視線，攝影老師正用奇怪的眼光盯著他，他不解老師的意思，只見老師比了個拇指，用力指向大家圍觀的位置，意味著要他上場。

「我？」他環顧四周，訝異地指著自己。

「驚訝什麼，你也是我們這裡的代表啊！」

「……」老師的期盼使他沒有任何拒絕的餘地，李想只好乖乖地帶著單眼相機走向大家。

和棕髮女學生握了手以示禮貌，兩人開始進行拍攝示範，其他人圍著他們專注地觀摩。

第一位棕髮女學生似乎經驗深厚，換姿勢的速度相當快速，每一個動作和表情都是經過長期的訓練而來，靠在紅磚牆上，她雙手插在牛仔短褲口袋，整個人洋溢滿滿自信，展現令人為之驚嘆的霸氣。

女學生完美的表現看得周遭的學生們目瞪口呆，李想也不禁默默在心裡讚嘆，他跟著「一下」老闆在工作室拍過不少模特兒，這個學生起碼贏過了一半以上的職業模特兒。

短短兩分鐘內拍了一百多張照，棕髮女學生下場時和金髮女學生擊了掌，彷彿帶來一場精彩的演出，使現場的其他學生們不自覺鼓掌讚嘆。

「真不愧是Emma學姊，已經有可以去當職業模特兒的水準了。」觀戰的女學生感嘆，不知道自己什麼時候才能像她們一樣，站在鏡頭前也不緊張膽怯，展現自己最完美的一面。

「你的技術真好，希望你也能幫我拍出好照片。」金髮女學生主動到李想的面前與他握手，毫不害臊地給予他讚賞，見李想輕輕點了點頭，她興高彩烈地跑跳回鏡頭前就定位。

比起成熟穩重的棕髮女學生，金髮女學生顯得相當開朗有活力，面對再熟悉不過的鏡頭，金髮女學生一點也不生疏緊張。

她主動要求要將背景改為花圃，坐在花圃前，熟練地將頭髮撥至一旁，刻意將薄外套敞開，露出香肩，陽光灑在她金髮上變成了白金色，配上魅惑誘人的笑容，令人看了如癡如醉。

「Carol學姊也不遜色……很會善用道具和周遭的事物啊……」

第二位金髮女學生的拍攝也告了一段落，雖然相片數量沒有比第一位的還要多，但質感可以說是一樣高等的水準。

李想低下頭察看相機中的影像，看著完美無缺的照片卻感覺似乎少了什麼，明明自己發揮了滿分的技術，模特兒也是難得一見的高水準，但為什麼他就是覺得自己拍得並不開心？

他感覺這次的拍攝使自己非常空虛，別人看似滿分的照片在他眼裡看來卻是缺了一角，應該還能再更好……但具體是要怎樣才能更好呢？他自己也找不到答案，只能站在原地苦惱。

前兩位的表現都相當優秀，輪到譚子媛的時候難免感到壓力，她知道在場有支持鼓勵她的人，也有很多人正等著她出糗，她不容許自己失敗，一定要靠自己的能力讓大家對自己心服口服。

她並沒有其他兩位同學的專業和能力，但卻有洋溢一身的自信，一站定於鏡頭前，神情就會瞬間轉換，令人驚艷的專注力。

李想抬起頭望向前方，視線馬上被譚子媛給吸引，與其他兩位的性感成熟風格不一樣，她身穿水藍色襯衫，下半身搭配牛仔短裙，整體造型簡單俐落卻帶有氣質。

剛才沒有發現，現在仔細端詳才驚覺她的改變，及肩的頭髮長了不少，還是喜歡綁兩撮小辮子在兩旁，皮膚變得比以前還要白皙，原本還有些圓潤的身材變得相當纖細苗條，本來就長得乾淨可愛的她，經過了一年的成長也變得更加清純動人。

已經站定好位置的譚子媛全身瀰漫著從未見過的氣勢，以前的譚子媛不可能會散發出的強大氣勢，她整個人彷彿煥然一新，好像已經不是他所認識的譚子媛，他才意識到，兩人之間的距離似乎比起以前還要更加遙遠。

「好了嗎？」他禮貌性地詢問，所有人都屏氣凝神等待譚子媛的回應，只見譚子媛深吐了口氣，突然彎下腰將腳上的綁帶高跟鞋脫下。

所有人被她突如其來的動作嚇了一跳，完全摸不清她到底想做什麼。

「可以了，麻煩你跟著我。」譚子媛一手拎著高跟鞋，赤腳踏在路上，李想不明白她的意思，見她開始向前走，自己也只好一愣一愣跟在她後頭。

所有人對於譚子媛的行為舉止都一頭霧水，愣愣地佇立在原地，目光跟隨著漸漸走遠的她。

只見她步著輕快愜意的步伐，自由自在地漫步在花圃旁，和煦陽光灑在她的身上，彷彿為她而亮的聚光燈，帶有暖意的微風輕輕拂起她的髮絲，空氣似乎在這一刻變得清新。

譚子媛踏著愉悅的腳步，開心地哼著歌，宛如和初戀的人兩情相悅般地雀躍，腳步變得輕快，無法抑制的歡樂使嘴角不自覺上揚，她轉過身展露燦爛耀眼的純真笑容，彷彿周遭有無數顆星星閃爍著，那樣絢爛奪目。

就在這一瞬間，李想快速地按下快門，捕捉到了最真實自然的美麗畫面。

所有人終於了解譚子媛的用意，為了配合綠意盎然、五彩繽紛的花圃，她想拍出最自然不做作的照片，不願只對著鏡頭搔首弄姿，才會選擇赤腳在地面上跑跳，用自己的方式引導攝影師，進而拍出最理想的作品。

「原來還有這個方式……」在一旁觀摩的女學生不禁驚嘆，即使她脫下鞋子、赤腳踏在路上，一點也不失優雅，反而多了份純真，真不愧是Yuan，若是其他人一定做不來的乾淨清新……

面對譚子媛的奇招，在場所有人甘拜下風，就連原本準備看她出糗的人也跟著沉醉其中，看著她踏著愉快的步伐，腳步輕盈地似乎快飛了起來，臉上的雀躍表露無遺，不是單單在進行平面拍攝，像是在上演一段故事，從一張相片中就能夠感受到她想傳達的故事，譚子媛有這般能力，能夠令人深深投入其中。

「如果穿著高跟鞋就感受不到地板有多溫暖了，我果然還是不喜歡高跟鞋。」譚子媛低盯著自己赤裸的腳尖喃喃自語，忽然，她轉頭朝李想笑開花：「跑起來吧？」

李想愣住，還來不及反應，空著的左手便被譚子媛牽住，譚子媛拉著李想向前奔馳，她不斷回頭看向被自己拖著走的李想，感受迎面而來的風拂過自己的臉龐，弄得她的臉有些癢，她無法抑制地打從心裡覺得好笑。

看著譚子媛的笑容就近在咫尺，她觸碰自己的溫度如此清晰真實，李想無法思考，就連按下快門的力氣也沒有了，與她一同奔馳在校園中，還以為已經是無法實現的夢了，但是她就在自己的眼前，卻沒有辦法笑著面對她，如此矛盾的自己。

譚子媛和以前不一樣了，變得更漂亮更有自信，甚至成為模特兒系一年級的表率，在這一年內成長得太多，曾經只會依賴人、喜歡逃避的她不復存在，取而代之的是堅強、耀眼、勇敢……

她變得太多，不像是以前認識的譚子媛，只要想到她究竟多麼辛苦，才能在這一年內成長這麼多，李想就感到有些心酸不捨。

她還是像是像以前那樣愛笑，即使面對他冷淡的回應，她還是那麼單純無害，笑容還是一樣純真燦爛，好像只要看見她的笑，所有煩惱憂傷全都會煙消雲散。

溫暖微風帶來一陣清爽，使人產生整個人煥然一新的錯覺。

陽光照映在她臉龐，畫面美得令人不敢直視，周遭似是飄起了無數顆大小不一的泡泡，表面因光線折射而產生彩虹，七彩繽紛在眸中閃爍。

「你害怕向前嗎？」

耳邊響起譚子媛曾經說過的話，李想瞪大雙眼怔住。

望著眼前的人，再熟悉不過的笑臉，時間彷彿停滯在這一秒。

「我會在這裡，就是為了讓你不再害怕鳥瞰這個世界，我會帶著你飛。」

曾經只會跟在我後頭的譚子媛，現在就在走在我的前面，拉著我不停向前奔馳，彷彿在告訴他——不要害怕，我不會再離開了，直直朝著我走來吧……

「所以，過來吧。」

我現在就在這，在你的眼前呀。

一行溫熱的淚水從李想的臉龐緩緩滑下，直到順著地心引力落到地面，周遭瞬間寧靜了下來，能傳進耳裡的只剩下樹葉搖曳的清脆聲音，不斷在耳邊迴盪。

譚子媛一愣，不敢相信自己所看見的，此刻，時間似乎變得漫長。

她停下動作，緩緩放開手，驚愕地望著他臉上的淚痕。

她從未見過李想流淚，心頭一慌，不知所措。

像高山一樣巍然聳立、屹立不搖的冰牆……在此刻澈底崩塌了。

李想突如其來的反應使在場的人全看傻了眼，大家開始議論紛紛，玲玲和小賴同樣驚訝地說不出話，突發狀況令全場一頭霧水，攝影老師也相當錯愕，立刻上前詢問他，「李想，怎麼了嗎？」

只見李想輕輕抬起手捂住眼，神情一如往常地從容不迫，不疾不徐撒了謊，「有東西跑進眼睛，我去一下廁所。」

語畢，他快步往穿堂走去，留下一臉憂心忡忡的譚子媛還佇立在原地。

望著李想宛如落荒而逃似的背影，她無法抑制由心底快速蔓延的傷心欲絕，悲傷和愧疚一下子將她淹沒，還來不及反應便溺水於其中。

老師們見現場氣氛瀰漫尷尬，立刻轉移大家的注意力，「謝謝這三位優秀的示範，現在大家自由分組，一對一進行練習！」

老師一聲令下，大家只好吞下滿肚子問號言聽計從，解散後現場喧鬧聲此起彼落，大家開始尋找進行練習的夥伴，譚子媛依然佇立在原地發愣，方才的畫面在腦海裡不停徘徊，揮之不去。

李想哭了……竟然哭了……他掉下眼淚的瞬間，似乎也很訝異自己的反應。

那滴淚水滑下，重重落在她心上，沉得令人難以承受。

她茫然，幾乎連呼吸也忘了，直到一旁的聲音傳進她耳中。

「可以請妳當我的夥伴嗎？」

許久未聞的中文喚回她意識，譚子媛回過神，望向聲音來源，發現是攝影系的女同學。

剛才有見到她和李想對話，似乎是李想的朋友，沒想到李想上大學有好好地拓展人際關係，譚子媛感到有些欣慰。

「不好意思，嚇到妳了嗎？」

人家特地上前邀約，豈有拒絕之理？譚子媛搖首，揚起笑容答應。

「當然可以呀！」

「謝謝，我是玲玲，請多指教。」玲玲伸出手示意友好。

「妳好！我是譚子媛，這裡的人都叫我Yuan。」譚子媛不假思索握住她的手。

笑容燦爛得令人難以直視……玲玲不禁心想，李想喜歡的人原來是這樣開朗活潑的女孩，的確很單純可愛，讓人難以想像她會做出無情無義的行為……難道她的天真是裝出來的？

暫時拋開自己的想法，玲玲環顧四周，發現了一棵枝葉茂盛的大樹，決定以此為背景進行拍攝，她領著譚子媛來到樹下，拍了幾張背景試試水溫，她點點頭，示意譚子媛可以開始了。

「麻煩妳了！」譚子媛笑著緩步上前，面對鏡頭一瞬間，眼神和氣場全變了。

只見譚子媛站在樹下沒有任何動作、面無表情，眼神傳達出濃厚的情感，風拂過她的臉，髮絲幾縷飄在空中，增添了些空靈，玲玲意識到她的用意，立刻後退幾步將畫面距離拉遠。

怎麼回事……她不像剛才那樣笑了嗎？還以為她只會拍出燦爛溫暖的相片，沒想到……

玲玲透過鏡頭感受到她具有穿透力的氣勢，強大地似乎也能感染到攝影師，竟然也會被她的感情帶著走，剛才在一旁觀摩還沒有辦法親身體會，等到真的站在她的面前、透過鏡頭畫面看著她，才真正能感受到她的威力，簡直是天生的模特兒……

玲玲低下頭察看照片，一連拍了十幾張，彷彿能夠從中感受到一些故事，不敢置信，心跳的速度似乎快了些，她真的有些興奮。

「好厲害……」玲玲小聲讚嘆，不自覺將心聲說出口。

「我看看～」譚子媛跑了過來，探出頭看了眼照片，隨後抬起頭對著玲玲燦笑，「妳拍得好好！旁邊刻意留白更有感覺了！」

譚子媛純潔無害的笑容就近在咫尺，玲玲驚愕地瞪大眼，這個人怎麼回事？明明是她帶領我的，明明自己也很厲害卻一點也不自傲，反而還轉過來稱讚我……

譚子媛直盯著玲玲，盯得她渾身不自在，譚子媛終於鼓起勇氣詢問：「妳是李想的朋友對吧？李想看起來那麼可怕，妳是怎麼跟他變得要好的啊？」

「……」玲玲稍微後退了幾步，「我也花了很久時間才敢走在他身邊……雖然到現在他還是喜歡一個人，但至少不排斥我們跟著他。」

聞言，譚子媛的眼底似乎閃爍了幾下，短短幾秒內五味雜陳的心情便消失殆盡，她笑容加深，眼睛可愛地彎成月牙狀，「很高興妳願意當他的朋友。」

沒有想到譚子媛竟會主動向她搭話，甚至問了李想的事情，她很好奇這兩年內李想在學校的事嗎？她難道還在意他嗎？玲玲沒有勇氣問，只好默默點了點頭，沒有用言語回應譚子媛。

「問了妳奇怪的問題很抱歉，耽誤到一點時間了。」感受到玲玲似乎不打算繼續與她的話題，譚子媛決定回到樹下繼續進行拍攝。

玲玲發現譚子媛的背影似乎有些落寞，她開始掙扎，或許譚子媛是真心為他們成為朋友這件事感到開心，自己怎麼會有這些邪惡的想法？明明人家那麼熱情開朗地向自己搭話，自己卻是那樣冷漠的態度……

或許這是個機會，她該好好回應她、應該要好好告訴她，自己對李想的感情不僅此於朋友……

「等等……！」玲玲匆忙地想跟上譚子媛的腳步，卻不小心被地上的小石子絆倒，為了守護手上寶貴的相機，她高舉著雙手，整個人用力地撲在地上。

巨響和誇張的動作引來了身旁學生的目光，譚子媛倏地轉過身查看，驚訝地倒抽一口氣，立刻衝上前扶起她，「天啊！沒事吧?!」

「啊……嗯！相機沒事……」她還有些恍神，即使處在驚魂未定中，想起手中的相機沒事便大大鬆了口氣，幸好自己的動作快……

「我不是問相機，是妳啊！妳的膝蓋都流血了！一定很痛吧？」譚子媛相當激動，看著比自己還要慌張的她，玲玲整個人愣住。

譚子媛緊張地手足無措，看見傷口還不小，她簡直快昏過去，「怎、怎麼辦，這樣也走不動……總之先去旁邊坐著，我去保健室拿東西幫妳清創傷口！」

將玲玲扶到一旁坐著，譚子媛便快速奔離現場，玲玲愣愣看著譚子媛匆忙離去的背影。

她心想，這個人竟然比我還要慌張，好奇怪的人，大家下意識一定都會先擔心貴重的相機，但她居然是先擔心我……

譚子媛氣喘吁吁地跑了回來，拿了一大堆不需要的藥品，她跑到玲玲面前，毫不遲疑直接跪在地上，無視雙膝處於地面，準備替玲玲作傷口的處理。見狀，玲玲嚇得阻止她：「妳、妳不用跪著幫我用的！這樣太不好意思了！我自己來就可以了……」

譚子媛拿出生理食鹽水，快速倒在她的膝蓋上，「不需要在意這麼多，先處理傷口比較要緊！我這個姿勢比較好用……」

見譚子媛執意要幫助她，玲玲也無法再拒絕她，只好交給她處理。

發現玲玲又再度安靜了下來，譚子媛溫柔地拿著棉棒擦拭傷口，開口問：「妳剛才是有什麼話想對我說吧？」

玲玲一驚，抬起頭望向她的臉，想起自己原本想說什麼話，她又再度把勇氣給吞回肚子裡，只好再默默垂下頭。

「我可以問妳……妳和李想是什麼關係嗎？」

譚子媛被她問得一愣，不禁停下動作，不知道該如何給予回應，就連自己也不清楚兩人之間的關係，似乎不是一言兩語能夠解釋得來的……

「我們……是國中同班同學，高中也同校，算是……很好的朋友吧？」

疑問句，就像是在自問自答一樣，她知道自己的回答相當模稜兩可，同時也膚淺不負責，但是現在的她還沒辦法向任何人承認自己的感情，害怕李想會感到困擾、會因此不想接近她。

現在的她不知道李想是否還喜歡自己，她沒有信心，曾經努力讓兩人的關係變得親近，等他走到自己的身邊了又親手將他推開；向他承諾會一直待在他身邊，卻又狠狠丟下他揚長而去，這樣殘酷狠心的自己……被厭惡也只是活該。

她只能不停告訴自己別自作多情了，即使想回到他身邊，也已經為時已晚了……

「那為什麼李想一看見妳，會動搖得那麼厲害呢？為什麼他剛才會哭？明明李想應該是個堅定不移、任何人都動搖不了的啊……」玲玲緊皺起眉宇，從她顫抖的嗓音就能夠判斷出她相當重視李想，所以看見李想好不容易又再建立起的冰牆被摧毀，才會那麼不敢置信。

但是，並不是那樣的……即使給人冷酷無情的感覺，李想也並沒有大家想像中的那麼堅強，銅牆鐵壁是他為了保護自己而建造起來的幻象，就是因為看穿了一切，她才能做出其他人都做不到的，才能那麼輕易地將其摧毀。

即便摧毀了封閉他的那道冰牆，她也再沒有勇氣走進他的心。

玲玲見她默不作聲，無法抑制油然而生的怒火。很好的朋友？既然如此，更不應該不告而別吧！對李想的態度既無所謂又輕浮，身為旁觀者的她都替他感到難過。

「很高興妳願意當他的朋友。」

明明一直不在他的身邊，憑什麼講出這種不負責任的話？拿什麼身分這麼做？

李想又是怎麼會喜歡上這樣的人？她根本一點也不在乎你啊！這兩年，你的生活沒有她的存在，卻一直有她的影子嗎？明明一直在你身邊的是我啊……

「這兩年，我可是一直都陪在李想的身邊啊！」她忍不住大吼了出來，高亢的音量引來了在場所有人的目光，大家停下動作望向兩人，周遭瞬間寧靜了下來，玲玲這才發現自己說了多麼傷人的話，她不敢置信地倒抽一口氣、立刻摀住自己的嘴。

譚子媛先是愣了一下，笑容又再度浮現在她臉上，她輕輕揚起勉強的微笑，卻不敢再與玲玲對視，她垂下眸，繼續幫她處理傷口。

見譚子媛不打算反駁，反而是默默地繼續動作，玲玲的愧疚感油然而生，「對不起……我不是……」玲玲急忙解釋，她意料不到自己竟會將這些未經大腦的話脫口而出。

「……我知道。」譚子媛打斷她的話，「這兩年我不在李想身邊，有多少人覬覦他身旁的位置，覺得我無情無義，我們的關係也產生了變化，這些我都很清楚。」做好清潔流程，她將紗布貼上傷口處，動作相當輕柔，就和她說話的語調一樣，似乎風一吹就會飄走。

「這一年，我不會過得比李想還好。」她緩緩起身，「我不願意解釋，是因為我的解釋只會被當作為自己的錯誤找藉口，李想討厭我也沒有關係，我就是抱著這些覺悟才來這裡的。」

背對著陽光，譚子媛臉上的笑容加深，燦爛耀眼，「我不後悔。」

玲玲愣住，她的眼神充滿堅定，屹立不搖地佇立在自己的眼前，為自己的決定感到驕傲。就如同她所說的，即便她難過、痛苦，甚至煎熬，在她臉上也看不到一絲後悔，這是她下定決心做的事，就要抱著可能會一無所有的覺悟。

而那一句「這一年，我不會過得比李想還好。」也深深刺進玲玲的心裡，她才後知後覺，李想和譚子媛是兩情相悅，現在也還是一樣，所以才會那麼畏懼向前、不敢靠近對方。

就是因為還喜歡著彼此，所以更加害怕受傷。

「傷口處理好了，小心不要再摔倒了，我去一趟廁所！」

直至最後，譚子媛依然擺著療癒人心的溫暖笑容，溫柔體貼的她並不怪罪玲玲的失禮，單純善良使玲玲的罪惡感更加濃烈。

看著譚子媛離去的背影，她蜷起身子，備感羞愧。

小賴一直在遠處注視著兩人舉動，只見譚子媛將傷口處理完便起身離開，玲玲卻還坐在原地低著頭，沒有要起身的打算，似能看見她周圍的烏煙瘴氣。

大致能猜到是為了李想的事起爭執，但剛才玲玲喊得激動，情況似乎比他想像得還要嚴重……

經過幾分鐘的猶豫，小賴還是決定上前安慰詢問，「怎麼了？」

玲玲沒有抬起頭，一聽聲音便知道是小賴，她低頭望著方才譚子媛替自己貼上的紗布，帶著微啞的顫抖哭腔道：「我覺得……我好過分……」

望著譚子媛離去的方向，小賴搔了搔頭，「妳該不會對她說了這兩年來都是我陪著李想……之類的話吧？」

傷口開始隱隱作痛，蔓延至心上，玲玲沮喪地垂下嘴角，「我果然比不上她，她真的是很好的人……或許我該放棄李想……」

平時看似大喇喇，其實是個動不動就悲觀的人啊……小賴長嘆了口氣，蹲下身與她對視。

「她是李想看上的人，當然是很好的人，但這不代表妳差啊。」他伸出大掌摸了摸她的頭，「至少妳有自覺，會因為傷害人而感到內疚後悔，這也代表妳是好人啊。」

感受到從小賴的手掌傳來的溫度，確確實實地接收到了他的安慰，同時接受了自己的愧疚，使玲玲再也無法忍受，眼淚一下子潰堤。

她才不是好人，原本一直不願面對的事實，直到真的和譚子媛搭話，才知道原來是那麼善良的孩子，即使面對不懷好意的眼光，也依然用真心對待每一個人的，單純的孩子啊……

譚子媛快步向穿堂走去，卻在轉角處撞上李想。

她沒有抬頭看他，淡然道：「抱歉……」

譚子媛繞過他，正要從他身旁擦肩而過時，李想突然伸手拽住她手臂，將她拉向自己身邊。

面對李想突如其來的動作，她嚇得一愣，倏地抬頭與他對視。

與譚子媛四目相交的瞬間，李想愣住了，他以為自己看錯了，譚子媛好像在哭，才會一個衝動將她攔下，沒想到她真的眼眶泛紅。

兩人就這麼沉默地對視了幾秒，直到譚子媛移開視線，垂下頭躲避。

他幽幽開口：「妳不是不後悔嗎？為什麼要哭？」

被李想清澈的烏眸盯著，彷彿自己像是被看穿一般，再怎麼遮掩隱藏，也無法躲過那雙晶瑩剔透的雙眼，良久，她再也無法制止瘋狂奪眶而出的豆大淚珠。

她無法否認，剛才那女孩的那番話深深刺痛她的心。

「這兩年，我可是一直都陪在李想的身邊啊！」

這兩年來她並不在他身邊，說得如此正確，令她椎心刺骨的事實。

沒有人知道，在相見之前她不敢開門，站在門外緩和情緒良久，緊攥著包包的手無法控制顫抖，一想到走進這扇門就能看見他，像夢一樣令人激動不已。

朝思暮想的面容映入眼簾，心跳停止了，眷戀思念一下子滾滾湧上，幾乎讓她窒息，只能強裝笑容，表現得從容不迫，

唯有這樣，她才不會哭出來。

「這一年，我不會過得比李想還好。」

做出這個決定，我比任何人都還要難受。

明明一直都掩飾得很好，終究還是露餡了，唯有在李想面前，她無法假裝。

她忍不住激動情緒，抬起手掩面啜泣。

看著眼前的女孩哭得花容失色，李想苦惱不解，卻又無法對她置之不理。一看見譚子媛的眼淚，他瞬間將自己的感受拋之腦後，忘了自己本該還在生氣，內心萬分動搖。

他不打算多言，也不再強迫譚子媛回應，只是輕輕將譚子媛的頭靠在自己的胸膛上，就像當初那樣，用他自己的方式安撫她。

「妳很奇怪，不就是妳要我來的嗎？」

想起當時的畫面，李想覺得有點荒唐可笑。

自己竟然像小偷一樣爬上二樓，而且未經許可進到少女閨房，若是被鄰居看到一定會被誤會的吧……真是年少輕狂，現在的他一定不敢這麼做。

當時的譚子媛也是像現在一樣，露出了少見的脆弱模樣，一改給人開朗活潑的既定印象，像一隻無助的小兔子躲在暗處等著人來關心，令人心疼憐愛。

不管是以前還是現在，他總是無法抗拒她的眼淚。

他真的拿她一點辦法也沒有。

第八章

就像那天一樣，她像個孩子無助地哭了，而他什麼話也沒有說，也不明白這種時候該說什麼話比較適合，只是默默將胸膛借給她，讓她躲在其中安心啜泣。

起碼嚎啕大哭的醜樣不會被任何人看見，包括自己。

微風吹動了落在地上的樹葉，落葉在地上滾了兩圈發出清脆的聲響，周遭靜得似乎只剩風聲，還有從遠方依稀傳來的吵雜聲，小聲得幾乎快聽不見。

能清楚聽到自己加快的心跳聲，他在內心祈禱，希望譚子媛不要聽到。

李想抬起頭望向蔚藍天空，發現太陽已躲到白雲背後，少了陽光，天空仍一片光明，帶有暖意的風拂來，空氣不再那麼悶滯。

不知道還要維持同樣的姿勢多久……

被她靠著的胸膛，變得好熱。

秒針不知道又轉了幾圈，躲在自己懷裡的譚子媛似乎冷靜了許多，啜泣聲也消失了，李想決定鼓起勇氣再次開口。

「為什麼要哭？」

面對同樣的問題，譚子媛沒有動作，默默回了一句：「你才是，剛才為什麼要哭？」

被反問的李想尷尬無比，「是沙子跑進眼睛。」

「那我也是沙子跑進眼睛。」

「……」

感覺到在頭頂正上方的李想瞬間語塞，譚子媛不由自主覺得好笑，不禁扯開嘴角露出笑容，終於肯抬起頭望向他，眼角還掛著淚珠、鼻子通紅。

久違的嘻皮笑臉看在李想眼裡甚是可愛。

李想低下頭與譚子媛四目相對，兩人之間的距離近得只要再稍微彎腰就會親上，盯著她透澈的棕眸，他似乎出了神，下意識地伸出手拭去她的淚水。

被李想溫暖的手掌碰了臉頰，她不禁輕顫，感受他毫無動搖的視線，直盯盯地望著自己，幾乎快將自己看穿般的炙熱，臉頰不禁浮上淡淡一層嫣紅，怦然心動。

兩人對視良久，直至聽見嘈雜的談笑聲漸漸靠近，其他學生從身旁經過，他們嚇得瞬間分離，不約而同向後退一步，將之間的距離拉開。李想感覺臉有點燥熱，迅速收回的手只能尷尬地假裝搔頭，而眼前的女孩則是難為情地撥了撥瀏海。

不知道是不是天氣炎熱的關係，差點就要喘不過氣，就連譚子媛也滿臉通紅至耳根，看起來引人遐想，差點就要誤會她是動心了。

她說：「我們……該回去了吧？」

「喔……嗯！」在動搖什麼？連話都講不好了……李想默默在心裡咂舌，自覺丟人。

李想的身後，她刻意與他保持距離，垂下頭望著自己邁開的步伐，感到滿心懷念，又再一次步在他走過的路上，就如同初識時的畫面，李想的步伐相當快，她只能勉強小跑步跟上。

而現在，兩人之間的距離又再次拉遠，卻不像之前那樣生疏冷漠，有點想靠近卻又不敢靠近，奇妙的距離，瀰漫著甜而美好的氣息，彷彿沐浴春風，內心的怦然無法言喻。

她眨著圓滾滾的杏眼，小心翼翼抬起頭望向前方，李想寬大背影的映入眼簾。

在這兩年間似乎又長高長壯了，拿著相機時的手臂線條相當誘人、大掌厚實充滿男子氣概，汗珠落在後頸的模樣也很可愛……

她變得會去注意李想，有關他的一切，不管是舉動還是反應，從來不在意的小細節，在此時都變得重要。

喜歡一個人，原來看見的世界都會變得不一樣，眼前的畫面變得光亮無比，感受到空氣和風變得清爽，鳥叫蟬鳴變得悅耳動聽，心胸變得更加寬闊，似乎能夠塞得下一整個地球。

她默默在內心祈禱，希望他不要轉過頭，不要發現她充滿濃厚情意的視線，還有紅得像是番茄的臉。

她現在一定就像變態一樣。

深吐了口氣，她試圖讓自己冷靜下來，憶起剛才李想問的話，想必他是聽見自己和玲玲的對話了，這一刻終於來臨，她知道自己不能再逃避，必須好好將來到這裡的原因和不告而別的心聲傳達給他。

一次又一次的錯過，讓她學會珍惜，機會就在眼前，再也不能親手推開它，不管他願不願意諒解，好好地傳達出去了，即使被拒絕了也不再有遺憾。

這次，她要鼓起勇氣靠自己的力量去挽回這段感情……

「……你還記得『一下』的老闆曾給過我名片嗎？」譚子媛幽幽開口，垂著頭，不敢看眼前的人是否回頭，「我去找他了，在我立志要當模特兒的那天決定休學，在『一下』學習了兩個月，之後老闆鼓勵我來英國學校唸書，因為學費不便宜，我又動身前往日本找媽媽求助……」

不出她所料，話說完馬上陷入一陣沉默，李想似乎是很訝異她會突然提起，剛才明明還巧妙地閃過問題，所以才會選擇緘默不語。

親口訴說自己的事果然還是感到彆扭，到底該從何說起？要怎麼樣修飾會讓人比較能理解？她小小的腦袋正拚命攪動著，同時苦惱著該不該將藏在內心深處的話給挖出來。

要將自己的心聲毫不掩飾地傳達給對方，就如同赤裸著上半身與人坦誠相見般，好難為情。

「當初，我看著大家各自有了夢想，清楚自己要做什麼、能做什麼，覺得很羨慕，因為我只能呆呆站在原地，看著大家的背影漸漸離去……」

此時，李想憶起老闆曾在電話另一端對他說的話。

「你們一直以來都在一起，你突飛猛進，只能愣在原地的她不會不甘心嗎？」

就如同他說的，面對清楚未來規劃的所有人，迷茫的她對自己沒有自信，也因此消極喪志，他竟然都沒有發現，只是一昧地想保護她，卻忽略了她的感受……

「但是……後來出現了一個契機，讓我找到了想要走的方向。」

就如同處在黑暗絕望中，她佇立在原地發愣，早已放棄了尋求出口，突然一道刺眼的光照射下來，為眼前的小路鋪上了亮粉，彷彿在指引自己，要她再次邁開步伐向前行。

下定決心步上這條路，她找到了信心和勇氣，能夠毫無畏懼地直視前方，抬頭挺胸走下去。

我能變得堅強、我能找到勇氣、我能毫不猶豫地下定決心——

都是因為你呀，李想。

「這個契機，就是因為我看到了……」她毅然決然抬起頭對上李想的雙眸，還來不及說出「你的相片」四字，一旁傳來的高音量呼喚聲引起兩人注意。

「Yuan，能麻煩妳過來指導一下嗎？」

她向李想後方望去，發現是班上的同學和進行拍攝的小組們，正對著她揮了揮手，瞄了眼李想，她尷尬地給予回應：「好，我馬上過去。」

語畢，她又朝他望了一眼，接著邁開步伐，小跑步奔向大家。

李想斂下眼，憶起她方才的話語，能夠了解她是希望得到自己的諒解，才會費盡心思解釋，才會願意敞開心胸與他坦誠相見。

但是他還是不懂，為什麼要不告而別？為什麼不和他討論呢？若是兩人一起努力走過來，可以互相支持勉勵不是也很好嗎？

他轉過身望向譚子媛離去的方向，看著她與其他同學討論得熱烈，他默默拿起手機，撥號出去，直到熟悉的低啞嗓音傳入耳裡，這次他卻笑不出來了。

「老闆……為什麼你沒有告訴我譚子媛在你那的事？」

老闆愣了一會兒，輕輕道：「你已經見到她了啊？」

李想簡直無言以對，居然還這麼若無其事的樣子……想必這個人從頭到尾都很清楚發生什麼事，明明不久前才打給他的，居然什麼都沒有說！

「……對，在英國碰面的。」

「哈哈哈……」更讓李想意料不到的是，老闆竟然還無視他的心碎，仰天大笑了起來，「抱歉啦，我也是百般不願意，只是認為譚子媛的事由她自己說會比較好，而且她也說過等她畢業回臺灣一定會去找你，所以我才沒跟你說的。」

「畢業回臺灣找我？所以她其實不知道我會來英國嗎？」

「她知道啊，就是她向學校推薦你的，還給他們看了你近期得獎的消息，一直都有在關注你的小粉絲喔。」面對李想的嚴詞正色，老闆顯得泰然自若，甚至帶點開玩笑地戲謔他，他簡直快昏倒。

「……但是，她為什麼要不告而別？就算要去英國，還是可以繼續跟我們有聯繫的吧？」

老闆意外地沉默了，只能聽見他輕輕地嘆氣。

「這就是她戰鬥的方式啊。」他的聲音沉了下來，「下這麼魯莽衝動的決定，可能不是大好就是大壞，如果你們知道了一定會阻止她的吧？就是因為沒有任何依靠、沒有人可以訴苦，更能驅使她在短期內飛速成長。」

李想感覺自己的呼吸開始悶滯。

「我可是看過她好幾次默默在一旁落淚啊，看著相機裡自己的相片，覺得自己做得不好，因為不甘心所以哭了好幾次，但我卻沒聽過她一句抱怨，也沒有想過要放棄，咬緊牙關撐了兩個月，不知道去英國是不是更嚴苛。」面對專注聆聽的李想，他接著說：「去英國之前，她可是連自我介紹都不會說的人啊。」

老闆說得雲淡風輕，語出的句子卻是如此沉重，李想簡直無法負荷。

他不知道，什麼都不知道，譚子媛不告而別的背後竟藏有這麼多祕密。

不想再只是看著他的背影、想要追上他的腳步，毅然決然拋開一切，抱著決心和覺悟翻山越嶺才來到了這裡。

而這些過程如此難熬，皮肉不知道被磨破了多少次、不記得喪氣消沉地哭了幾回，那個只會依賴人、脆弱愛哭的譚子媛，一個人無依無靠，究竟是如何才能撐得過來……

「我不後悔。」

但妳卻很難受。

而我竟然到現在才來到妳身邊。

心酸，整顆心臟像是被揪住般痛苦。

他遙望譚子媛的側臉，看著她與其他人談天說笑，視線變得模糊，內心悄悄產生了變化。

「李想，不要再錯過了，把自尊什麼的全部拋開吧。」老闆的話在他耳邊，不斷來回徘徊，一字字傳進他的心裡，不停擺盪動搖——

「她現在，就在你的眼前。」

李想緩緩將話筒從耳邊移開，腳步不由自主朝譚子媛的方向邁去，沒有任何思考，身體自己動了起來，心臟大幅地跳動，能夠清楚聽見自己的心跳聲，快速地似乎快要跳出身體。

下定決心的這一刻，視線變得清晰，能夠清楚地看見譚子媛的身影，腳步變得好輕快，彷彿有人在身後推了他一把，一股強大的力量在體內不斷湧上，使他有了再也不會退縮的勇氣。

不要再想了，不要再疑惑了，什麼都不要管了，妳就在我的眼前啊。

李想，跑起來吧。

把自尊什麼的，全部拋開吧。

譚子媛原本是來給予同學指導的，卻不知不覺和他們聊起天來，尤其是在別班的男同學主動加入話題之後，他們聊得更熱烈，她好幾度不經意瞥見男同學總是朝自己望，尤其是在自己笑的時候，男同學的視線就熾熱得更加明顯。

他是學校裡很知名的風雲人物，曾經上過電視節目、拍過知名雜誌，好像也有同班的女友……應該是錯覺吧，還是不要自我意識過剩比較好。

譚子媛的目光又不經意瞥向男同學，發現他依然帶著微笑盯著自己，她立刻難為情地移開視線，臉頰泛起一絲紅暈。

不小心對到眼了，好尷尬……

為什麼要一直盯著我看呢？是有什麼問題想問嗎？但他明明比我還要厲害，應該不會想請教我這種小人物啊……

還是，他和女朋友處得不愉快，想問我如何討女生歡心？但我也不是很了解女生的心思啊！

正當譚子媛陷入自問自答的掙扎漩渦中，一股強而有力的力量將她向後拉，手臂緊緊地被錮住，她嚇了一跳，立刻抬眸望向力量來源……

「李想？」

他輕輕喘氣，低下頭盯著譚子媛的臉半晌，面無表情，眼神轉為冰冷。

「妳對著別人臉紅做什麼？花癡嗎？」

啊？這個人莫名其妙跑來說些什麼？我這是不可抗力，被盯得渾身不自在才臉紅，又不是因為害羞……

李想抬起眸與眼前的男同學四目相對，嚴肅冷酷的表情將周遭的氣氛一下子凝結。

彷彿能看見四周瀰漫起冰冷白霧，霧漸漸散開，他那雙令人為之膽怯的冷酷眼眸也更加清晰，只要對上這雙冰眸，整個人都會瞬間凍結成一塊冰柱。

兩人沉默不語，奇妙的距離卻瀰漫著緊張感，只見雙方氣勢逼人，劍拔弩張，似乎只要不小心擦槍走火就會一觸即發，其他同學害怕地向後退了幾步，「我們還是先離開比較好……」

譚子媛焦急地朝著他們道歉：「啊……抱歉！我之後再去找你們……」

他們拉著不甘願的男同學離去，見他們的背影漸遠，譚子媛鬆了口氣，露出無言以對的表情瞪向李想，「你有事嗎？突然過來對我的朋友做什麼啊……」

「妳對那種貨色臉紅才有事嗎？」他竟然還敢回嘴！

「我是因為被盯得很不自在啊！」

他挑起眉，一臉無所謂地聳肩，「所以我過來救妳了啊。」

這個人……有理說不清！譚子媛簡直氣得牙癢癢，她撇過頭，不打算繼續搭理他。

李想探頭想與她對視，卻遭到她刻意撇開，反抗的譚子媛在他眼裡也是那麼可愛，就算被拒絕對談他還是感到相當開心，開始懷疑自己是不是成了被虐狂。

「生氣了？」他不放棄繼續探頭，屢次遭到她無情的撇開頭不理，他無奈地搔了搔頭，害怕再有肢體接觸會被厭惡，只好默默拉住她的袖角，「不要生氣了啦，我有話想跟妳說。」

李想竟然會做出像撒嬌一樣的舉動……只不過是被輕輕扯了一下袖角，卻是一陣怦然心動。

感覺腦中有無數隻小精靈正興奮地尖叫亂竄，她努力壓抑住差一點就要表露出來的愉悅，佯裝泰然自若，「喔……好啊，你說。」

他目光尷尬地到處游移，環顧四周後再度回到譚子媛身上，「……不是現在。」

譚子媛意識到李想的顧慮，可能是害怕被其他同學誤會才會不敢在這開口，「有什麼關係？大家聽不懂中文啊！」

他嘆了口氣，「我想要只有我們兩個人的時候說。」

被李想認真的眼神盯了半晌，她屏氣凝神，心跳似乎落了一拍，充滿魅力的眼眸像是黑洞一般，將她整個人吞噬，她深陷其中，無法自拔。

只有兩個人的時候才能說的話……到底是什麼呢？她很好奇，無法抑制激昂亢奮，好想要現在就知道，一分一秒都不想再等。

她也很想說，也想把自己的情意傳達給他。

「那……要來我家嗎？」

「……啊？」李想很明顯地感到疑惑，他愣了許久才給予反應，顰眉瞠大眼，吃驚和不解在他臉上表露無遺。

「沒、沒有什麼奇怪的意思喔！」她意識到自己的突然，急忙揮著手否認，「因為我放學還要去打工，下了班也晚了恐怕抽不出時間，所以才想說你可以來我的租屋處……我是和幾個同學合租的，也不可能做什麼奇怪的事，不過我本來也就沒有要幹麼啦！只是想說可以一起吃鹹酥雞配汽水，一邊看電視一邊聊天感覺應該挺……不錯吧？」

吃鹹酥雞不是應該配啤酒嗎？李想首先想法是吐槽。

見譚子媛慌張焦急地拚命解釋，一連串說出讓人難以理解的話，語無倫次的模樣實在太可愛，他不禁噗哧了一聲，立刻摀住嘴，努力吞下差點要噴出來的笑聲。

居然會邀請他去家裡，果真是個想法單純的孩子，就算有其他人在又怎麼樣？野獸才不會管這麼多……不過這也代表譚子媛相當信任他，同時不把他當作具有威脅性的男人，意識到這些的李想不知道究竟該開心還是難過。

朋友啊……不知道什麼時候才能跨越這個詞呢。

「……不行嗎？」她眨著圓滾滾的杏眼，小心翼翼抬起眸，「不過你們是住飯店吧？老師應該也不會准許你們外出……」

譚子媛像無辜小狗般，似乎能看見她沮喪地垂下耳朵，在心裡暗自後悔講出這些話，還沒得到李想的回應就落得尷尬的後果。

從未看過譚子媛這麼積極邀請自己，沮喪的模樣似曾相識，穿著獅子裝去找她那天，要分離時也是像現在一樣，感覺一股暖流流過心底，他努力抑制快要揚起的嘴角，決定即使被老師教訓也要偷溜去和譚子媛見面。

「你就去吧。」小賴毫不掩飾地走了過來，李想和譚子媛同時嚇得一愣，他們完全忘了現場還有聽得懂中文的人……

「那個人說，會幫你掩護不讓老師發現的。」小賴指著後方的玲玲，對著譚子媛輕輕笑了，「因為剛才說了失禮的話，不做點什麼會良心過不去。」

譚子媛看見玲玲朝這個方向瞥了眼，隨後又不好意思地撇過頭，心裡有些複雜。她知道玲玲也喜歡李想，卻願意放下自己的心意祝福兩人，她的心裡一定也很難受……

明明親手推開他的人一直都是自己，可一見到面，兩人的眼裡似乎只剩下對方，這太不公平，玲玲一定無法接受，這兩年來的陪伴究竟算什麼？

為什麼只要一瞬間，就能輕易擊潰她的兩年呢？

面對這場毫無勝算的戰爭，玲玲終究是選擇退讓，誠心祝福，譚子媛很清楚。她不能辜負這份好意，在眾人的幫助支持下，一定要鼓起勇氣將自己的心意傳達給他，但……

「這兩年，我可是一直都陪在李想的身邊啊！」

我到底該怎麼做……才能彌補這兩年來的空缺呢？

夜色漸暗，一盞盞路燈映照在街道上，為歸家的人灑上一地亮粉，朦朧的夜色寂靜而優雅，步在路燈下，踩著輕柔溫和的光線，細細品嘗墨色裡的幽美柔情。

夜深，氣溫降了不少，風輕拂便能感到一絲涼意，李想披上了薄外套，在玲玲、小賴的庇護下偷偷溜出飯店，漫步在萬籟俱寂的夜裡，感受夜都市的繁華。

他來到一家麵包店櫥窗前，目光輕輕朝裡頭瞥去。

她就在裡頭，蛻去以往的小公主模樣，親手將戴在頭上的王冠摘除，換上圍裙和工作服，笑容可掬地面對每一位顧客。

下班時段，上班族們各個筋疲力盡，拖著疲憊的身軀勉強走進麵包店選購，即使勞累地已不想再開口，卻願意和譚子媛說上兩句，被她十足的活力和治癒笑容所感染，每個走出麵包店的人都洋溢著笑容，踏著輕快的步伐踏上歸家路。

面對來結帳的母子，譚子媛指著奶油麵包，表情誇張地比了個拇指，嘴型似乎在大大稱讚他們選對了麵包，她自己也很喜歡吃這個，每天都會買一個回家……之類的，完全能夠想像她會說的話，雖然聽起來像是推銷似的話，從她口中說出來卻是如此真摯誠懇。

只見母子被她逗笑了，離開前還向她揮了揮手，站在櫥窗外遙望的李想不禁揚起嘴角。

她絕對是真心喜歡這個奶油麵包。

譚子媛轉身向後，拿了一大盤剛出爐的麵包，跑到櫥窗前準備上架，此時才注意到站在窗外許久的李想，只見她驚喜地張大嘴，隨後立刻展開燦爛笑容，隔著一面窗，對著他揮揮手，臉上的喜悅完全無法掩藏。

她就是這麼單純又可愛，充滿活力和希望的女孩。

原本應該是個嬌生慣養的公主，所有人替她鋪好了紅地毯，只顧著向前走便能享受一生榮華富貴，可她不願意，因為自己的出現成為了她的嚮往，將自己設為目標，她毅然決然偏離軌道。

脫去玻璃鞋，腳底第一次碰觸地毯外的地面，她相當享受這種自然、無拘無束，於是她開始向前奔馳，蛻去身上一身累贅，華麗的禮服、高貴的珍珠項鍊、奢華的鑽石戒指，使她的腳步變得輕快，眼前的畫面漸漸清晰，她更加確信自己想做什麼。

她要靠自己的力量，赤腳走過這些石子荊棘路，只為了追上他。

李想曾想過自己喜歡的類型，比起拚了命希望他的目光注意在自己身上的女生，他更喜歡拚命想要追上他腳步的女生，而那個人，現在就在眼前，在他的眼眶中不停閃爍發光，太耀眼。

他再也無法移開視線。

就這麼站在櫥窗外望著裡頭的人，他沒有意識到自己的眼神充滿濃濃情意，多得幾乎溢出，許久，店裡的燈熄了，譚子媛也快速地換回便服，匆忙衝出店門口與他會合。

「我不是說等到快下班再來就好了嗎？這樣不是在外面等很久？」她撥了撥稍亂的瀏海，嘴上雖然這麼說，卻無法掩飾打從心底的開心。

「反正也沒事做，包包給我吧。」他巧妙閃過問題，貼心地接過譚子媛的包包。

不敢說，其實他是刻意早點來看她的。

兩人並肩步在夜深人靜的街道上，皎潔月光在雲層裡緩慢移動，灑下柔和的銀色光芒，替墨黑夜色上了點綴，映照在他們的眸中，不停閃爍，心跳卻一點也不平靜。

「我們好久沒有這樣一起走了，可以一起走回家的感覺真好。」

他莞爾，「每天放學來我家吃飯已經變成例行公事了。」

「對啊，畢業之後就再也沒有這樣過了，你去了台南，不久後我也跟著離開臺灣……」

她緩緩闔上眼，意識漸漸飄遠，似乎還能依稀聽見當年的歡笑聲。

「下課了，好想趕快回家吃阿姨的晚餐，所以拉著你走得很快，在等晚飯煮好之前和李智哥看電視，整個家充滿我們誇張的笑聲，這時候你就會從浴室出來把電視插頭拔掉，說我們會吵到鄰居……」

憶起當年的回憶，譚子媛臉上的笑容逐漸加深，彷彿沉浸在其中不願抽離。

「你們真的很吵，都不知道我被隔壁阿姨唸過多少次。」

「那個節目真的很有趣，你一回家就是先洗澡，都沒辦法和我們一起共享那些歡樂。」

目光無法從譚子媛的身上移開，她淡淡的笑容，洋溢著濃濃的思鄉懷念，令人憐惜。

已經好久沒有兩個人一起並肩同行了，彷彿回到高中時期一樣，如同那個夢又重現在眼前，她就走在自己身旁，而這次，她不會再消失，他不會再讓她消失。

一邊維持泰然自若地談天，偷偷盯著她的側臉，圓滾的杏眼、小巧而精緻的鼻子和看似柔軟的櫻唇，一張一合都牽動著他的心，想將她的面容用力印在腦海裡，捨不得忘記一刻。

遙望遠方，彷彿望著永無止盡的盡頭，她突然停下腳步，黯然垂下眸，語調輕柔地幾乎快飄走，臉上的笑容漸漸消失——

「我們……還有可能四個人坐在一起吃飯談心嗎？」

有點沒自信，有點膽怯，她相當害怕那些回憶只能成為回憶，像是一家人一樣的畫面，一點也不想讓它成為過去。

想要一直和李想還有大家在一起，成了她最大的願望。

微風拂過臉龐，帶來一絲涼意，將她的髮絲輕輕撩起，只見她抬起細白柔嫩的纖纖玉手，將頭髮勾至耳後，沉默似乎帶來了回覆，她輕輕抬起眸望向他。

乾淨透澈的棕眸中映出自己的面容，心無法控制地動搖了，一瞬間，在空中的星星似乎掉落在她的周遭，引起他的情不自禁。

他凝眸，緩緩抬起手撫摸她的臉頰，動作輕柔如拂過水面，身子毫無意識地向前彎，向她的臉靠近，意識漸漸飄遠……

「李想，不要再錯過了，把自尊什麼的全部拋開吧。」

「她現在，就在你的眼前。」

時間變得漫長，思緒停滯了，激烈跳動的心臟彷彿跟著停了，耳邊再也傳不進任何聲音，只剩下藏於記憶深處的低沉回聲，不停在他耳畔迴盪，撞擊他的意識。

高掛在夜空的星星仍閃爍著，數不盡的光芒點綴了乏味的墨黑，月亮光輝如流水般，輕輕傾瀉在陸地上，吹拂而過的風宛如演奏舞曲，慢慢揭開長夜的帷幕。

令人不自覺屏住呼吸的安靜。

直到手中的包包不注意慢慢滑落，觸感清晰地滑過他的手掌，接著應聲落地，微小的音量在寧靜的夜裡變得清晰，迴盪在空中，喚回他的意識。

被突如其來的聲響嚇了一愣，他驚愕回過神，嚇得立刻抽回手、向後退一步，拉開兩人的距離。

他愣愣，不敢置信地望著自己的手。

明明就強吻過一次人家，不記取教訓竟然還想要再一次，我難道是禽獸嗎？

李想冷汗涔涔，，陷入一陣無止盡的尷尬漩渦。

「我……」

「啊！」她忽然一叫，打斷李想的話，「我忘了附近的鹹酥雞沒有開到這麼晚……總之先去買汽水，家裡還有從臺灣帶來的泡麵可以吃。」

丟下發愣的李想，譚子媛小跑步朝便利商店奔去。

希望他沒有發現，她的臉紅得像番茄一樣。

第九章

與喜歡的人共處一室，不知道這漫漫長夜什麼時候才會迎來盡頭……

能夠一同窩在沙發上看電視，一邊和電視裡的主持人對話一邊吃著宵夜，甚至可以躺在床上聊往事……光用想的，就知道自己一定睡不著了。

恐怕是太興奮期待了，她將架上的零食和飲料一掃而空，提了滿滿一袋，想替長夜作一場開幕甜點秀。帶著李想來到自己的租屋處，她的緊張表露無遺，匆忙從包包內找出鑰匙，花了好久時間才對準鑰匙孔。

一敞開門，映入眼簾的是純白色的餐桌，擺設在門的正對面，進到室內，右轉才會看見客廳，屬於小家庭的格局。

譚子媛貼心地拿室內拖鞋給李想，時間晚了大家可能都睡了，她動作輕柔深怕吵醒其他人。躡手躡腳地想溜進房間，然而事與願違，轉過身，只見室友們坐在客廳沙發上，視線全部集中在兩人身上，目瞪口呆的神情說明一切。

所有人停下動作，呼吸似乎也停滯，時間凝結在這一刻，空氣中瀰漫著難以言喻的尷尬。

敷著面膜的女孩不敢置信地瞪大雙眼，拿著遙控器的動作還停留在空中，坐在她身旁塗指甲油的女孩同樣愣住，驚愕到指甲油塗到皮膚上都沒有察覺。

另一張沙發上的女孩帶著有趣的目光，看向李想，再望向譚子媛，「Boyfriend？」

意料不到會被這樣問，還是在李想的面前！她的臉倏地發熱，拚命否認，「Just friend！」

女孩們互望了一眼，邪惡地笑了起來，看來是不相信譚子媛的話，氣得她又補了好幾句解釋，還參雜了因為他忘記帶鑰匙才來借住……如此這般的謊言。

雖然立刻被否認令人感到有些沮喪，他看著眼前手足無措的無助女孩，竟也覺得好笑又可愛。眼見否認和解釋一點效果也沒有，譚子媛轉過身拉著李想，「先進房間再說吧！」腳步匆忙地帶著他進到自己房間。

感覺像是經歷了一場不可收拾的風暴，李想輕嘆了口氣，跟著譚子媛走進房內，一抬眸立刻被眼前的景象震懾。

一張單人床、小型塑膠櫃和電風扇並列聳立著，顯得孤單，整個空間內只有兩樣家具，大約才三坪的狹小房間竟然也能感到空曠寬敞。

和去她家看見的畫面猶如天壤之別，雖然當時光線昏暗導致視線不清，但他永遠忘不掉，一間大約九坪的大房間和那些豪華得嚇人的家具……加大型的雙人床，上頭還有公主般的紗帳罩著床鋪，張開雙臂還碰不到兩端的超大液晶電視、幾乎快碰到天花板的大型粉色衣櫃和愛心形狀的沙發……

更不用提電腦、書桌、書櫃、化妝臺等等，這間房間應有盡有，也難怪那段期間她可以悶在房間裡足不出門，若是他擁有這樣的房間，一輩子也不會踏出房門了。

但如今，千金小姐竟落魄到住在狹窄的小房間，甚至只有三樣最基本的家具，整個房間空蕩得令人感到心酸。

「妳房間的家具……只有這樣？」他還驚魂未定，雖然自己的房間也是這般狹小，但擺設了一些基本家具後視覺上豐富了不少，從未看過如此空無一物的房間，令他產生了被房仲帶來參觀的錯覺。

「可以睡就好啦，反正電視跟桌子客廳都有，省下這些錢可以做很多事耶！」她毫不在意，臉上洋溢著滿意的笑容。

他竟然覺得有道理。

「你先在這裡坐一下，我去趕她們回房間。」她從塑膠櫃的最下層拿出小坐墊，隨意地放在地上，他還來不及反應，她已起身走出房門外。

他抬起頭，環顧四周，孤寂一片。

不知所措的他只好默默坐在地板上。

單人床、塑膠櫃、小坐墊和自己，這間房間只剩下他們幾個面面相覷，整個空間充斥著寂靜冷清的冷空氣，李想甚至捨不得坐在小坐墊上，在這個空蕩蕩的房間，他已經沒有多餘的朋友可以失去了。

他已經快耐不住這陣難以言喻的空虛，正當他準備從口袋拿出手機，聽見了從外頭傳來的聲音。

「我以為妳是乖巧型的女孩，沒想到妳的單純都是裝出來的，竟然帶男生回家過夜……」

「這又沒什麼，我也常跑到妳們房間一起睡啊！」

「他是男人耶！雄性！公的！」

「所以呢？」

「看來妳真的沒見識過男人這種生物，我當初也是因為前男友看似純情才喜歡他，殊不知一躺下直接變成禽……唔……」和譚子媛爭執的女孩似乎被摀住嘴巴，發出模糊不清的聲音。

「Jennifer！冷靜！對象可是Yuan，不要講得這麼直白！」另一個女孩的聲音響起，整個現場混亂一片。

「有什麼關係，Yuan也是要長大的啊。」另一位看戲的女孩也跟著加入戰局。

「不要啦！我身邊唯一的清流，我不允許妳交男朋友……」

「Shut up——！」譚子媛一聲怒吼響徹整間屋子，威力強大到似乎還能聽見回聲，外頭瞬間寧靜了下來，「不會有妳們期待的事發生！趕快把客廳讓給我，回妳們房間去做拉筋操！」

原本還一片吵鬧喧囂，沒想到譚子媛竟阻止了失控胡鬧的三位，一聲令下後傳來一陣倉促的腳步聲和關門聲，客廳才真正地得到了安寧。

她們正在揶揄的對象正是自己，待在房間的李想簡直坐立難安，他在心裡默默同意室友的話，帶男人回家，就算對象是他，也太鬆懈了……雖然他還是慾望大過於理智地來到這裡了。

雖然沒有拒絕與她度過一夜的邀約，但她們說的那些事情恐怕百分之千不會發生……以以往的經驗，譚子媛總是能夠靠她的單純和呆蠢破壞氣氛，也算是變相地保護自己了。

腳步聲漸大，李想不明白自己在緊張什麼，直到譚子媛小心翼翼地打開房門，他才尷尬地對上她的視線，兩人陷入一陣沉默。

「你……聽到了吧？」

他輕輕點頭。

「你不要介意，她們是亂說的，她們比較開放常常帶男朋友回來，但是沒看過我帶所以特別興奮……啊！不是說你是我男朋友喔！我是指男性、男性友人……」

「嗯……」

面對譚子媛緊張的解釋和否認，氣氛變得更加尷尬了，氣溫似乎開始下降，原本就夠冷清的房間充斥著冷空氣，令人不禁哆嗦。

她手足無措地四處張望，似乎在找有什麼能夠當作話題的東西，但可惜，她的房間只有一張床、塑膠櫃和攤在李想身旁的小坐墊，她只好靈機一動，「你要不要先去洗澡？」

「我洗完了才過來的。」

啊……也是，李想又沒有帶換洗衣物，難道要他穿自己的衣服嗎？

也難怪，剛才和他走回家的路上就一直聞到香味，原來是洗完澡的沐浴香……令人熟悉的香味，沐浴香混和體香，只有李想才能散發的淡淡味道，想當初她還為了聞得更清楚而靠近他……

「妳……妳在幹麼？」

「啊，因為你身上很香，我想說靠近點聞看看是什麼味道……」

憶起當時自己魯莽的行為，她就害臊地想找洞鑽進去，以前的自己怎麼會這麼蠢？一點也沒有男女授受不親的想法，一定給人一種自己很隨便的感覺，太丟人了，真的太丟人了……

「那我先去洗澡好了！」她倏地轉移主題，以手刀光速衝到塑膠櫃前翻找自己的衣服，隨興地抓出幾件，慌忙地衝出房門，離開前還不忘回頭貼心提醒，「客廳已經沒人了，你可以先去客廳看電視等我！」

看著她匆忙關上房門，李想一陣啞口無言。

譚子媛從來就沒有意識男女之別，看來來英國的這一年學習了不少，現在面對他竟然也會慌張害臊，和以往毫無自覺的她截然不同，讓人不得不意識到，她真的從小女孩成長為一位亭亭玉立的女人了……

面對她的緊張羞澀，他自然感到開心，以前的他從來不被當作男人看待，總算有升級的真實感。

但令他摸不清的是，她的驚慌失措，究竟是因為他是「男性」，還是因為他是「李想」呢？

為了醒腦和降低溫度，譚子媛快速洗了個冷水澡，穿著家居必備T恤和運動短褲，她拿著毛巾擦拭著烏黑長髮，走出浴室，發現李想已經坐在客廳沙發上看電視，她努力抑制從心底開始沸騰的雀躍，裝作泰然自若地上前去搭話。

「我先去煮泡麵。」

她希望表情沒有出賣自己。

李想真的在這裡！而且今晚會跟我一起吃宵夜看電視！她吞下幾乎快尖叫出來的激動，快速進到廚房，強裝冷靜地煮著泡麵。

拿著一雙筷子在沸水中不停攪動，將麵條拌散，盯著越滾越烈的熱水，她快要阻擋不住想從體內衝出的愉悅感，完全無法制止嘴角上揚。

現在這樣……是不是感覺有點像家人一樣？李想下了班，坐在客廳看著電視休息，而我在幫他煮晚餐……

就像家人一樣。

家人，明明應該是最親密的關係，她卻對這二字相當陌生，在自己的家盡是一些不回家的人，這樣也算是家人嗎？她找不到答案，直到現在也還是一樣。

在自己的家從未感受過家庭的溫暖，卻在認識李想以後體會到了，原來和家人在一起是這麼幸福，有人在家等待她、可以和家人一起吃飯、一起歡笑，一切都令她戀戀不捨。

她想要和李想成為家人，這是她最大的願望，組織一個最幸福、最美滿、令人稱羨的家庭，替所有人帶來歡笑，替自己帶來歡笑。

我，李想，就這麼簡單，即是幸福。

她情不自禁地笑了出來，眼角卻滲出濕潤。

好複雜的情緒，就連自己都快搞不懂自己，很開心、很幸福，同時感到恐懼，害怕會有失去這些的一天，她甚至真的親手將這一切甩開過。

拋下了自己的靈魂，唯獨依靠肉體長久以來的支撐，感覺自己就快要瓦解了，在崩塌前一刻，李想卻出現了，像是全身在發光一樣的英雄，又來拯救她了，雖然是自己的預料之內，還是令她激動不已。

好像只要看到李想一眼，我就又有了可以拚命一年的力氣。

即便現在的李想已經不喜歡自己了、即便他沒有和自己一樣的願望，在這個平凡無奇人生能遇見他已經是一個奇蹟，不能再奢望更多，真的已經夠了。

現在的我，因為李想的關係變得堅強勇敢了。

拭去眼角淚水，她再度揚起一如往常的溫暖笑容，將泡麵端出廚房，到客廳坐在李想身旁。

只見李想探頭瞥了一眼碗內的情況，面無表情洋溢著滿滿自信，「花〇雞麵？」

她驚訝地倒抽一口氣，向後退了一步，「你怎麼知道！」

「我也很喜歡吃的。」

「可惡……本來想說一定要讓你知道它的美好的……沒想到你也是道合志同之人嗎？」

「什麼啊……」聽見譚子媛誇張的言語，李想不禁噗哧一笑，沒想到在這兩年內她的幽默感也增強了。

看著李想笑了，她也不自覺彎起眼睛、笑容加深，幸福洋溢的神情表露無遺。

以前的李想總給人冷酷漠然的感覺，看似毫無感情，對於任何事物都漠不關心，令人畏懼不敢靠近，一開始認識他時也是如此，總是將她甩在後頭，拒人千里之外，不願意為了任何人停下自己的腳步。

曾幾何時，他的臉上漸漸會浮現淺淺笑容，願意停下腳步等待她，願意敞開心胸接納任何想靠近自己的人，像隻被馴服的野獸，被她馴服的小獅子。

他揚起了嘴角，就像升起了太陽一樣，將她的世界照亮。

李想輕輕瞥向譚子媛的側臉，她將頭髮盤起，還有些濕潤的頭髮和肌膚，水珠順著髮絲緩緩滴落，落在她白嫩的後頸上，畫面看起來有些性感誘人。

從她身上散發出淡淡花香，緩緩朝他撲鼻而來，她甚至穿著短袖短褲暴露著自己白皙柔嫩的肌膚，令人情不自禁地被吸引，視線無法從迷人的她身上移開。

他屏住呼吸，阻止那些快讓他意亂情迷的香味，將注意力再度轉回泡麵上。

「是說……」

「嗯？」

他停下嘴邊工作，將筷子放下，視線有些飄移不定地瞥著她，「妳為什麼還是穿這樣？」

「怎麼樣？」她低下頭望向自己的服裝，樸素簡單，不好嗎？

只見他放下手中的碗，無奈長嘆了口氣，雙手撐著垂下的頭，沉默了許久才緩緩開口——

「褲子很短。」

一語點醒夢中人，似曾相識的話立刻令她想起藏在腦海深處的回憶。

「你幹麼不敢看我？」

「……褲子也太短了。」

她的臉倏地漲紅，變成一顆煮熟的番茄，耳根漸漸染上櫻紅色。

她一把抓過抱枕放在自己腿上，遮住自己暴露空氣中的肌膚。

巧合！這是巧合！她不是刻意穿和那天一樣的衣服的……想起那天李想的告白和突如其來的吻，在夜空下、在閃閃發光的噴水池前，如此浪漫不真實的夢，現在憶起真是害羞死了……

當時她整個腦袋大當機，竟然沒有好好回應他還落荒而逃，要是現在的她，一定毫不猶豫答應！

唉……僅此一次的機會就這麼讓它溜走，自己真是太不懂得珍惜了。

他深吐了口氣，撐著一邊頭，帶著有趣的目光望著她，「想起來了？」

「……我去換長褲。」她努力掩藏自己紅潤的臉頰，倏地起身，卻在踏出第一步時被擒住手臂。

「不用了。」

他的大掌擒住她纖細的手臂，溫度從他的手掌傳來，有些溫熱，就和她發燙的雙頰一樣，她錯愕地回頭對上他的雙眸，不明白這個舉動的意思。

他撇開視線，緩緩放開手，動作輕柔地令人心碎。

「那種事我不會再做了。」

她很清楚，李想一定認為那樣會給自己帶來困擾，他一定認為那次嚇到了她，她沒有回應甚至落荒而逃都說明了一切。

因為不想要她討厭自己，所以才像紳士地說了這般話。明明他是那麼尊重自己、在乎自己，但為什麼，聽到這番話卻令她感到難受？

彷彿心被揪緊了一般，好痛苦，彷彿無法呼吸一般，好像快要窒息了。

會讓李想產生我將他推開的錯覺，完全就是自己的錯啊。

「什麼事？我只是覺得冷才想換長褲的，頭髮也還沒吹。」

她終究選擇了裝傻和逃避，雖然已經和自己承諾一定要把握這次機會好好將心意傳達給他，但現在似乎不是時候。

明明還沒親口被拒絕，卻已經有了好像被拒絕了一樣的酸楚，很悲傷，似乎已經可以做好心理準備了。

即使被拒絕也無所謂，這一年，早就在腦海裡揣摩上百遍，應該也要練成金剛不壞之身了。

就在今晚，她一定要告訴他。

將喜歡兩個字清清楚楚傳達給他。

彼得潘逃離了大人們的世界，永遠當個孩子、永遠悠遊自在、永遠不會長大。

他在英國是人人皆知的人物，小彼得潘聽見父母談著對自己的期許、長大後要做些什麼，他一點也不想接觸大人的世界，不願就這樣順著社會的意活下去，於是他逃走了，逃到名為「永無島」的地方，自由自在地生活。

每當夜裡，彼得潘就會從窗口飛進孩子的房間，每個孩子都盼著他到自己的屋裡來，而今晚，他來到溫蒂的房間，伴隨一陣閃亮耀眼的光芒，像精靈一樣地降臨了。

他告訴溫蒂，自己想要聽故事，於是溫蒂講了一個故事，一個非常悲傷的故事。

「我的爸爸媽媽就是從這裡掉下去了……我也是。」

「小六升國一的那個暑假，我也從這裡跳下去，就在和他們一樣的地方。」

肝腸寸斷的故事，椎心刺骨，令人悲痛欲絕，彼得潘捨不得溫蒂繼續待在這裡受苦，想要帶她逃離這陣烏煙瘴氣；帶給她希望，帶她前往永無島。

「彼得潘，我不會飛呀。」

「我教妳飛。」

彼得潘義無反顧地帶領溫蒂飛出窗台，只要鼓起勇氣、踏出這一步，他們便能繼續抬頭挺胸繼續走下去。

「我會在這裡，就是為了讓你不再害怕鳥瞰這個世界，我會帶著你飛。」

我是彼得潘，我會飛，為了帶領你一起前往永無島。

隨著時間滴滴答答流逝，窩在客廳看著體育節目的兩人漸漸被疲倦感包圍，聽見此起彼落的哈欠聲，譚子媛發覺坐在一旁的李想開始有些躁動，原本還十分專注在足球賽上，如今已垂下眼開始伸懶腰。

畢竟也拍了一上午的照，看來是真的累了，譚子媛催促著李想進房睡覺。

從室友房間拿來了瑜伽墊，她請客人睡床鋪、自己睡在墊子上，當然立刻被李想拒絕，兩人經過長達半小時的爭執，最後以猜拳來決定睡床鋪的人。

結果她不小心贏了，這是人生第一次無法感到開心的勝利，居然讓客人睡在地板上，她內心實在過意不去。

熄了燈，漆黑一片，周遭沉寂安靜，唯獨電風扇吹出的微弱風聲，被一陣無法言喻的不悅感包圍，一顆心似乎懸著還不願意被放下，她翻來覆去完全無法入睡。

並不是因為與李想共處一室，而是一種幾乎讓人窒息的沉默，使她就連閉上雙眼都做不到。

令人無法釋懷。

她想起今天邀請李想來家裡的目的，是因為他有話想對自己說，自己也準備告白，但真正要面臨的時候卻又是一片死寂，看來要拿出勇氣真的不簡單。

她挪了挪身子，翻回正面，仰望著天花板，感受電風扇送出的風不斷搔癢她的耳朵，她瞥了眼窗戶，一輪皎潔的明月高掛夜空中，銀白的月光從窗子灑進屋內，光芒溶入她眼眸中，不停閃爍。

似乎在這一刻找到了勇氣。

「李想，你睡了嗎？」

眼角餘光能看見李想翻了個身，將頭撇向她，不用回答便已給予回覆。

被美麗的夜晚牽引出情感，夜晚可能真的是真心話告白的好時機吧。

「關於彼得潘症候群這件事……我好像一直沒有好好跟你說，你會想聽嗎？」她的語氣輕柔，也相當緩慢，想要一邊試探李想的反應。

他有些訝異，譚子媛確實從來沒有正面回應過彼得潘症候群之事，還以為她會想要將它擱置不理，順其自然地淡然帶過，沒想到此時竟自己提起。

他收起詫異的神情，輕輕斂下眼，「我有見過妳爸了，他跟我說過，定時會帶妳去看醫生的事。」

譚子媛倏地起身，驚愕地瞪大雙眼看著他，「你見過他?!什麼時候？怎麼會見到面？」

「在妳離開之後大約兩個月吧，為了找妳才去妳家的。」

她相當吃驚，簡直不敢相信，連自己都感到有些畏懼的爸爸竟然已經和李想見過面甚至談話，爸爸應該將她的症狀視為丟臉之事，一直秉持著家醜不可外揚的想法，又怎麼會主動告訴李想？

難道是因為……當時自己的果斷離開，才改變了爸爸的想法嗎？

「所以妳是想跟我說彼得潘症候群的事？」他再度將話題轉回正軌。

她愣了半晌，輕輕躺下，「我看醫生好幾年了，情況卻一點也沒有好轉，原因恐怕只有我自己知道。」一直盯盯地望著天花板，眼神轉為認真，「……我一直都在逃避，逃避自己。」

心如止水一般，平靜，心跳絲毫沒有她原本想像中的那樣起伏，相當安靜平常。

「我啊……會有彼得潘症候群、會有想要永遠當個孩子這種願望，是希望時間可以停止在童年，是我人生最幸福的時刻。」

李想坐起身認真地傾聽，一言不發。

「就像以前抓蝴蝶向牠許願一樣，做出了很多異常的行為，都是因為我想要困在自己的世界，不願意踏出去。」

她不想，她不願意，這些珍貴的回憶，無可替代的家人，要用自己的方式永遠守護在身邊。

「那個世界裡，爸爸媽媽還是那麼相愛、奶奶還是在我身邊，還能看到大家的笑容，我可以盡情躲進他們懷裡向他們撒嬌……」她輕輕闔上雙眼，嘴角不禁跟著上揚，彷彿看見了當年的畫面。

左手牽著爸爸的手、右手牽著媽媽的手，朝著奶奶的方向奔去，感受奶奶溫柔的撫摸，儘管只是想要守護這小小的願望，卻輕易地全被破壞了。

我不要長大，我不要你們離開我，不要破壞這一切，不要……

不要走，不要丟下我，我還是你們的小媛啊，是你們最愛的小媛啊……

再次睜開眼，她的雙眸浸上了點濕潤，「我只是一直在欺騙自己，假裝自己長不大、假裝自己將時間停在了小時候，以為這樣就能一直活在過去了。」

從未想過譚子媛竟然有這些煩惱憂愁，比他想像中還要更加嚴重，甚至導致她患上彼得潘症候群，全然是因為家庭的支離破碎和不完美。

與家人的種種回憶就像鎖鏈緊緊禁錮著她，她無法呼吸，不想面對這些殘酷的事實，所以想盡辦法要找回那些零散的碎片，顫抖著雙手撿起了碎片，卻再也無法將其拼湊完整。

知道了這一切的他，又該如何幫助她？

撇頭望向李想，見他輕輕皺起眉宇，知道他正為自己而苦惱，想幫助她卻又不知所措，譚子媛的心中彷彿經過一股暖流，溫暖漸漸蔓延。

「可是現在我不這麼想了。」

他抬起頭對上譚子媛的視線。

「我想向前走，雖然對未來感到害怕、雖然要捨棄過去真的很悲傷……」

月光輕柔地灑在她的臉龐，替她的睫毛上了亮粉，將眼睛彎成月彎狀，笑靨變得清晰——

「但是你就站在前方，所以我不怕。」

這條路如此漫長，還以為爸爸媽媽、奶奶都離開了之後，就再也沒有繼續向前走的勇氣了，眼前的畫面全變成黑暗一片，害怕、悲傷，所有負面情緒一次湧上來，好想回頭、好想回去……她只能蜷曲身子蹲在路中央，像個迷路的孩子般哭泣。

就在此時，彼得潘出現了，不忍心再看見譚子媛難受的模樣，他告訴了她去永無島的方法，只要繼續當個孩子、只要不長大，只要一直待在這裡，就不會再受傷了。

已經不知道這樣過了多久，直到看見了一個男孩站在前方……就像英雄一樣，全身散發著光芒照亮了整條路，前方不再是迷霧一片，譚子媛拔腿狂奔，為了追尋那道光。

一到了他的身邊，才發現這條路上不再是只有她一個人，其他人影從搖曳模糊的影子直到面容漸漸清晰，因為心疼她而哭泣的、擔心她而朝這裡狂奔的、在背後推動著她的、朝著她露出無價笑容的，那些貴人們、生命中最重要的朋友們……

還有她最喜歡的李想，全都在身邊。

這條漫長的路變得不孤獨，未知的前方也變得不可怕了，因為大家都在，所以……

彼得潘，再見。

小時候的譚子媛，再見。

「我終於找到永無島了。」

毫無意識，毫無預警，淚水從眼眶中落下，聲音竟然顫抖了起來——

「我的永無島，就是現在，就在這裡。」

我的永無島，就在這裡，就在李想身邊。

無法抑制內心激動，眼淚拚了命奪眶而出，鼻頭一酸，她抬起雙手遮住哭得花容失色的臉，卻無法制止從指縫間逃出的哭聲。

終於將藏在內心最深處的真心話全盤托出，因為是李想，她願意掏心掏肺，願意將最真實的自己呈現給他。

毫無虛假的真心話。

悅耳動人的聲音在耳畔不停徘徊，美麗的畫面使他不禁愣了半晌，令人產生了時間就停在這一刻的錯覺，似乎只剩下心跳聲陪伴自己。

他眼神一黯，緩緩起身，走到譚子媛的床邊，將她捂住臉的手移開，緊緊握在自己大掌中，他俯身，唇瓣輕輕覆在她的唇上。

當兩人的唇瓣交疊，能夠聞到從李想身上傳來的淡淡清香，是她最喜歡的味道，能夠感受到李想濃厚的情意，思緒停滯了，呼吸變得灼熱，令人情不自禁享受其中。

和喜歡的人接吻，原來心臟會跳這麼快啊……這是兩年前的她還無法理解的。

最後一滴淚悄悄順著臉龐輪廓落下，李想依戀不捨地移開唇，對上她清澈濕潤的棕眸，良久，他抬起手溫柔地替她拭去淚痕。

「妳說的話，我可以當作是告白嗎？」

微啞的低沉嗓音響起，動搖了她的心。

像是被電到一般，她快速坐起身，一點也沒有羞澀，毫不猶豫大力點頭，這兩年來一直在尋找勇氣，就是為了這一刻，終於，真的將自己的情意傳達出去了！

「哈……反應也太激烈了。」他忍不住笑了出來。

「雖然遲了兩年，但這就是妳的回覆吧？」看著呆愣的譚子媛，他嘴角無法抑制地揚起，「對我告白的回覆。」

一時還反應不過來，譚子媛的腦袋停滯了幾秒，告白的回覆……所以說，這兩年來，李想的心意一點也沒有改變嗎？他還是喜歡著自己嗎？

兩情……相悅嗎？

只見李想朝自己緩緩伸出手，神情相當平靜溫和，一直害怕另一雙手不會如他的期待回應他，為了這一刻反覆練習了多次，此時的他卻感到相當平靜。

「譚子媛。」他輕輕呼喚，嘴角微微揚起，「大學畢業後，要成為我的家人嗎？」

她緊咬住下唇，痛楚傳來，告知她這一切並不是夢，努力忍住即將再度潰堤的眼淚，她仰著頭費盡力氣不讓淚水從眼眶中逃出。

兩年了……感覺像是待在漫長的長夜中，一直期待著烈日再次升起的那一刻，獨自一人踩在荊棘路上，好久、好久……

英雄來了，又來了，最喜歡的人，最想珍惜的人有著與我同樣的心情，這是多麼幸福的事啊。

你願意，和我一起待在永無島嗎？

你真的願意，將一生交給我嗎……？

她再也無法抑制內中萬分激動，緊緊抱住眼前的人，擁抱那雙願意接納自己的雙手，感受到從他身上傳來的溫度，熟悉的溫暖和溫柔，淚水終於忍不住再度潰堤。

「我願意、我願意……我願意……」

一連說出了好幾個我願意，聲音顫抖地都快認不出是自己，她將臉埋進他的懷裡，聞著只屬於他的香氣，再也不想放開這雙手，再也不會和其分離。

我，你，如此簡單，即是幸福。

就此承諾一同走向人生盡頭。

期待已久的曙光，終於再度降臨。

一個月的時光很快地飛逝而過，李想等人的訓練在今天畫上句點，好不容易和英國的師生們稍微有了感情，即將就此別過，大家依依不捨，特地為他們來送機。

一陣談笑風生後，攝影老師催促著大家上機，李想等人朝著這裡揮了揮手，轉過身離開。

譚子媛的臉上看不出任何一絲悲傷和不捨，因為她知道，一定很快就能再見面，她相信直到她回臺灣之前，兩人的感情不會受任何事物影響，她有這般自信，自己的愛能夠超越一切。

這次和送李想去台南時截然不同，她能夠以真心的笑臉目送他離開了。

「有機會一定要再來玩！」

「謝謝你們這一個月的陪伴！」

「Xiang-Lee，要想我們！」

大家紛紛圈起手圍在嘴前吶喊，其中還參雜了奇妙的真情告白，譚子媛驚愣地望向告白的幾位女同學，忍不住笑了出來。

她摸了摸自己口袋，在最後一刻找到了勇氣，朝李想的隊伍奔馳，「李想！」

聽見她的呼喚，他們一起停下腳步，轉過身望向匆忙跑來的女孩。

只見她遞給自己一張照片，他仔細端詳，發現是自己相簿裡消失的那張照片，上頭是以前和譚子媛去堆雪人時拍的，照片中的她就和現在一樣，總是展露純真燦爛的笑容，一下子趕走所有陰霾，讓他眼前的世界一片光亮。

「這一年，我是靠著這張照片才撐過來的，謝謝你。」她的笑容加深，嘴角的弧度似月牙完美無暇，下一秒，她轉過身朝著自己的同學們大喊：「He belong to me！」

在場所有人被她一句高音量且突然的坦率嚇得愣住，驚為天人的告白，大家都忘了來這裡的目的，面對呆若木雞的大家，她卻開懷大笑，和愣在原地的李想揮了揮手，她又跑回自己的原位。

猶如一陣風，來得快去得也快，總是讓人捉不透，卻又依戀不捨。

能夠如此坦率面對喜歡二字的譚子媛，十分迷人，他就是喜歡這樣單純的她，無可替代。

上了飛機，李想依然低頭望著手中的相片，一秒也捨不得把視線從上頭移開，譚子媛說這一年是靠這張照片才能堅持自己，甚至有可能是因為這些相片，她才找到了自己的方向，想到這些，他就覺得內心被填得滿滿的，感動和悸動滿得幾乎快溢出。

他想將相片收進包包裡，卻意外瞥見相片的背後寫著文字。

等我回來。

簡單四字，包含了她滿滿的情意，濃烈地直衝他的心中。

想起譚子媛方才的呼喊，無視小賴和玲玲驚訝的目光，他忍不住噗哧地笑了出來，手指輕輕拂過相片上譚子媛的面容，他輕輕闔上眼，嘴角揚起幸福的弧線。

「我會等妳的。」

不管多久都會等的。

時間如流水，順著水流前進，即便伸手也捉不住它，毫不留情地從手指縫隙中溜走，只留下一絲回憶，隨著流逝的時光，青春跟著走遠，記憶卻永存於心中。

又歷經了好幾個沒有彼此的春夏秋冬，但心裡卻很清楚，彼此都在這世上的角落，天天念著彼此，眷戀著還在彼此身邊時的美好記憶。

藏在記憶深處的深刻回憶，點滴在心頭，一分一秒也捨不得忘記，至今似乎都還歷歷在目。

從原點開始，一步一步地向前行，曾疲憊地席地就坐、曾想過放棄，也曾乘坐奔馳的公車，望著窗外呼嘯而過的景物，內心百感交集，想家、想你們，也因此哭過笑過。

繞了一大圈，只為了再次回到原點，和最愛的你們相聚。

「怎麼還沒來啊……不是五點嗎？還是我的手錶壞掉了？」方瑀焦急地在機場大廳晃來晃去，目光時不時就瞥向裡頭，始終盼不到期望中的人影。

「媽咪，妳冷靜坐著好好等可以嗎？」相較焦慮慌張的方瑀，寧寧顯得平靜許多，實在受不了這個人像一個母親時會有多煩人這件事。

聽見手機響了幾聲，逸哲從口袋中拿出手機，低頭瞥了手機螢幕一眼，他不疾不徐道：「她說她已經到了喔。」

此時所有人都匆忙拿出手機檢查，群組裡的確有一封「我到了。」的訊息，見狀，嘻哈、矮人和眼鏡匆忙揚起手中的大橫幅，方瑀和寧寧也拿起手中的牌子，屏氣凝神等待她的歸來。

「來了、來了！」

他們期盼已久的人影漸漸清晰，立刻大幅搖動手中的橫幅和牌子，不約合同大聲地朝著她的方向呼喊：「譚子媛！」

譚子媛嚇得聳了肩，望向聲音的來源，只見久違親愛的朋友們拿著大大的「歡迎歸來，彼得譚！」橫幅和附有她照片的小牌子，在大庭廣眾下不斷搖晃擺動，引來不少奇特的目光。

「這……什麼呀？」她驚訝，不禁皺起眉頭，無法忍住笑聲。

方瑀和寧寧激動地揮舞著手中牌子，朝譚子媛的方向狂奔而來，用力撲進她的懷裡，兩人緊緊地抱住譚子媛痛哭，搞得好像是她欺負了她們。

「好想妳喔！我們等妳好久了……」寧寧撒嬌似地將臉埋進她的懷裡。

「我也很想妳們啊！視訊跟通話根本就不夠，終於可以見面了！」為了久違的重逢時刻不要哭出來，她已在腦中練習多次，希望可以用歡笑來迎接這美妙的時刻。

「讓我看看……妳怎麼變得這麼瘦！妳有沒有好好吃飯？感覺一推就要倒了！」方瑀捧住她的臉，不忍心她在英國受苦受難，又再度燃起母愛本性。

「我都有吃！只是運動比較多，妳放心啦！雖然瘦可是很健康喔！」

三人久違的重逢，馬上又是一陣談天說地，你一言我一句地根本無法停止，被晾在一旁的男孩們感到有些尷尬，他們互望一眼，逸哲決定先上前阻止她們。

「雖然很抱歉打斷妳們的感人重逢，但……我們預訂餐廳的時間就快到了，請問可以準備移駕了嗎？」

逸哲的話使兩人忍不住破涕而笑，她們有默契地對望了一眼，與彼此分離，方瑀立刻擦乾眼淚，「我們準備了大餐，妳一定會很驚喜的！」

「我們精心挑選的餐廳，為了慶祝妳回來。」眼鏡隨後補了一句。

「真的是大餐喔！如果沒有妳，我一輩子都吃不到……喔！」矮人跟著起鬨，馬上遭到嘻哈無情地肘擊。

「總之先移動到餐廳吧，有什麼話到那裡再慢慢說。」手肘狠心地朝矮人肚子用力撞擊，嘻哈面不改色，甚至還笑笑地面對譚子媛。

見大家嬉戲笑鬧，就如同以往一樣吵鬧，熟悉懷念感湧上心頭，她不禁感到開心和感動，這種感覺一點也沒有變，我們之間也一個人都沒有少。

「走吧走吧！李想和嘻哈前陣子才考到汽車駕照，今天我們的性命就交給他們了！」寧寧拉著方瑀，雀躍地向門口奔去。

「妳這麼一說我壓力更大了……」嘻哈無力地跟上前去，其餘的人也紛紛走向出口。

還愣著的譚子媛和從頭到尾未開口的李想，兩人就這麼佇立在原地沒有動靜，正當譚子媛想開口說點什麼來打破沉默，李想卻先行開口：

「妳是不是在想……很喜歡大家這樣聚在一起打鬧的時候？」

她點頭，好奇地望向他，「為什麼你會知道我在想什麼？」

他對上她的視線，嘴角輕輕揚起，「因為我也是這樣想的。」

兩人四目相對，良久，不約而同地笑了出來。

「還不趕快來，真的要遲到了！」逸哲回過頭，朝著兩人揮了揮手。

眼前最親愛的朋友們，停下腳步等待自己，甚至揮手示意要他們跟上腳步，這一些感覺都如此曼妙美好，彷彿是人生最幸福的時刻。

「走吧。」李想伸出大掌，她毫不猶豫地將手覆在上頭，緊緊牽著彼此，承諾要一起步向人生的盡頭。

繞了一大圈，終於再次回到原點，最初的起點，與你們相遇相識的這片土地，繼續我們未完的故事。

曾幾何時，我們開始失去飛翔的翅膀，在索然無味的大人世界裡埋頭苦求生存，憶起美好的童年，既悲傷又煎熬，因為知道時間不可能倒轉，因為知道翅膀消失了，我們不再展翅高飛。

然而彼得潘出現了，他告訴我們一個叫做永無島的神奇島，在那裡，可以永遠當個孩子，永遠無憂無慮地飛翔，為了尋找永無島、為了追求彼得潘的身影，我拚了命地奔馳，靠著自己的力量來到這裡。

帶著勇氣和信心，我再也不需要翅膀，也能夠翱翔。

現在的我，再也不會害怕向前，因為有你、有你們，我最愛的人通通都在我的身邊。

無關大人還是孩子，我還是保有自己，不會再害怕別人嘲笑自己的天真，所有純真、單純和童稚，全都是我最珍貴的寶物，是彼得潘賜予我的勇氣。

「只要感覺一切都是無可替代的，那就是妳該待的地方了。」

想起藏在記憶深處的那股熟悉嗓音，她不禁輕輕漾著溫柔的笑。

我真的找到了，伯伯。

我找到永無島了，彼得潘。

在最愛的人身邊，讓你珍惜每一分每一秒的，無可替代的地方，就是永無島。

我的永無島，就是現在，就在這裡。

屬於我們的永無島。

【全文完】

番外一　同你花好月圓

天還未亮，鬧鐘聲響起，狠狠打斷了美好的夢境，譚子媛睡眼惺忪，動作緩慢地撐起身子，發現鬧鈴聲來自床的另一端，她越過枕邊人，準備將鬧鐘關掉。

拇指在手機螢幕上按了幾下，終於迎來寧靜的清晨，頭腦還沒清醒，她眼神茫然，直盯著身旁睡得香甜的男人，內心悄悄流過一股暖流，嘴角不禁上揚。

自從畢業回來台灣也過了兩年，兩人就一直在策劃搬出來住，在新居還沒共同生活一個禮拜，感覺還是相當新鮮，每天早上起床都能看著他的睡顏，對她來說是無比幸福。

就像李想曾說過的，畢業後要當他的家人，結婚的事一直都有在規劃。

她動作輕柔緩慢，深怕吵醒李想，躡手躡腳地出了房門。

早晨的空氣特別清新，也有可能是心理作用，新家的裝潢簡單俐落，一片潔淨的白色，令人看了心情就愉悅，她伸了懶腰，享受在這陣短暫的清晨寧靜中，未注意到腳下，一個抬腳不小心撞到成堆的紙箱。

她在內心默默嘖了一聲，在這美好畫面中唯一的缺點就是這些紙箱，因為剛搬來沒幾天，再加上近期工作繁忙，兩人的東西都還未整理完。

堆積成山的紙箱，光看就覺得疲憊，她長嘆了口氣，將紙箱移到角落，走入廚房。

近期兩人工作繁忙，幾乎沒有多餘的時間可以陪伴對方，正好上班時間也錯開，早上醒來不見他人，下午她去上班他就下班了，待她回到家他也先睡了……

她很享受這樣忙碌的生活，感覺彷彿離他們的未來越來越近，但難免感到有些寂寞，難得今天兩人都休假，她決定不在外頭吃，選擇自己開火。

動作俐落地將烏黑長髮紮起，圍上象徵愛妻的圍裙。

「好啦，要做什麼樣的早餐呢……」她喃喃自語，開著冰箱，看著裡頭所剩的食材苦惱。

中式？西式？日式？雖然她喜歡日式，但李想好像是喜歡西式的早點，總之用手邊現有食材，能做什麼是什麼吧！定好目標，她低頭找資料。

依照網路上的教學，從冰箱拿出三顆蛋和牛奶，將蛋打入碗中，加入兩匙牛奶、一小匙鹽，將適量油倒入平底鍋中熱鍋，再將攪拌均勻的蛋汁倒入鍋中。

一手拿起鍋子，照著教學影片跟著翻轉鍋子，讓蛋液均勻散布在鍋中，用筷子在蛋液上由內往外畫圈，使蛋液呈現膨散狀，待蛋液稍微凝固，關火。

她抬起手拭去額上的汗水，盯著賣相有點不好看的歐姆蛋，有些落寞，萬萬沒想到只是顆蛋竟然也如此講究，看來她還有得學習。

煎了培根、烤了幾片土司，在盤子上擺上幾片美生菜和水果，看起來十分美味豐盛。

看著爛成一團的歐姆蛋，想起方瑀也曾做給她吃，但明明方瑀做得完美無瑕，漂亮得甚至可以拿去賣，相較之下她做的……如果有人來作客，絕對不能端出這種東西給人恥笑。

她不想放棄，決定再試一次，正當她將蛋液倒下鍋時，忽然聽見身後有動靜，還未反應過來，一雙大手從背後輕輕環抱住她，結實的手臂將她整個人包圍。

她嚇了一跳，原想轉過頭，發現李想的頭靠著她的肩，突如其來的親密動作使她一陣心跳，整個人僵住無法動彈，從他雙臂傳來的熱度漸漸升高。

李想將頭埋進她的頸窩，溫熱的氣息落在她的頸上，弄得她有些癢，隨著他沉穩的鼻息，心跳不禁一陣怦然，臉染上一層緋紅。

「妳在做飯？」他睜開迷濛的雙眼，剛起床時的嗓音更加低沉性感，「應該說，妳居然在做飯？」

他的聲音相當輕柔，幾乎是靠著她的耳畔，心跳跟著他一言一字微微顫動。

在一起好幾年了，李想已經不再像以前那樣羞澀，反倒喜歡調戲她，只要看到她害羞，他似乎就會有成就感。

「最近都買早餐店的，太奢侈了，偶爾也要自己做啊。」

她強裝冷靜不敢與他對視，整個人像凍結一樣僵住，拿著鏟子的手微微顫抖，可愛地讓人想要戲弄她，想欺負她的慾望又逐漸強烈。

「所以這坨嘔吐物是？」他將下顎靠在她頭上。

「是歐姆蛋……我盡力了……」

見她垂頭喪氣，李想反倒噗哧笑了出來。

「你笑什麼啊？我真的很努力在做耶……」

「我知道，一定很好吃。」他的嗓音從她頭頂響起，輕輕一吻落在她的頭上，「就跟妳一樣。」

她驚愕瞪大眼，反應落了幾拍，回過神她快速掙脫李想的懷抱，一手摸著方才被吻過的地方，白皙臉蛋快速竄紅，熱得幾乎可以燒成開水。

已經不是第一次聽到李想說這般挑逗的話，但不管聽幾次，她永遠都無法承受這陣強烈的心跳，這股朝心臟猛烈敲的重擊，次次使她站不穩腳步，暈頭轉向。

心臟激烈跳動，幾乎快要蹦出身體，總是像這樣被李想捉弄，實在不服氣。

她又羞又氣，眉頭深鎖瞪視他，眼神彷彿在看喜歡調戲女子的輕浮小毛頭，無法做任何反駁的動作，只好轉過身將擺盤好的早餐塞到他手中。

「……不要一大早就油腔滑調，把早餐端去客廳！」

他「哦」了一聲，接過盤子，乖乖地朝客廳邁步，才剛踏出兩步，聽見從身後傳來鏟子在鍋子上敲擊的清脆聲響，不知道她又在煮些什麼，他回過頭望向譚子媛的背影。

她圍著深藍色圍裙，紮起馬尾，幾縷髮絲落在她白嫩的後頸上，看上去女人味十足，專注地做著料理，努力認真的模樣都是為了他，想到這，他就無法控制不斷揚起的嘴角。

一大早就能看見心愛的女人為自己做早餐，感覺真好。

空氣似乎變得清新涼爽，隨著漸亮的天空，心情跟著豁然開朗。

他呆呆望著她的背影，眼神充滿濃濃情意，眼眶似乎充斥著甜而不膩的花蜜，每眨一下眼都覺得可惜。

譚子媛發現身後毫無動靜，沒有聽見碗盤放置桌上的聲響，她開始起疑，倏地轉過頭，就這麼與呆愣在一旁的李想四目相對。

「你還待在這做什麼？」

「……」他委屈，收回多情的視線，趁著譚子媛還沒發飆前夾著尾巴逃跑。

自從和譚子媛在一起，他就時常被朋友嘲笑揶揄，說他只要在譚子媛面前就會變成像小女人似的，就連在外應酬得太晚，接到她的電話都會緊張失措。

拋開以往給人冷峻帥氣的印象，只要回到家，只要在譚子媛面前，他就是個愛撒嬌的小男孩。

大家都笑說除了懼高症，李想最大的弱點就是譚子媛。

期待兩人婚後生活，尤其若是生了孩子，李想不知道又會進化到什麼樣的地步。

他貼心地幫忙將早餐全部端到矮餐桌上，待譚子媛解下圍裙，隨他之後來到客廳，兩人席地而坐。

這個客廳有些空蕩，家具還未買齊，在沙發方面兩人爭論不休，譚子媛想要皮沙發，較容易清潔且涼爽，李想則是想要布沙發，暖和也比較好看。

爭執了幾個禮拜，直到現在都還沒有得出答案，於是客廳沒有沙發也成了他們家的特色。

幸好還有從譚子媛房間搬來的電視，不過螢幕太過巨大，差點進不了屋子，也幾乎將牆壁佔滿，實在有點礙他的眼。

一起生活有好有壞，都需要靠時間慢慢磨合。

兩人安靜地吃著早餐，毫無評語地看著灑狗血的偶像劇，度過這平靜日常的早晨，吃完最後一口，節目也進入廣告，只見熟悉的身影出現在偌大的螢幕上，李想的目光瞬間亮了起來。

「這個夏天，我要每天去海邊。」

帶著琅琅上口的廣告台詞，廣告中的女人跑向鏡頭，笑得燦爛，頂著烈日，腳步輕快地在海灘奔馳，畫面明亮而耀眼。

浪花濺起，潑在她的身上，防曬乳卻絲毫沒有被沖掉，旁邊標語寫著「防水抗汗」，就在旁白做了簡單的商品介紹之後，廣告中的女人回眸一笑，商品大大的擺在她旁邊。

「Pupasa，不怕曬。」李想轉過頭望向譚子媛，與廣告中的她異口同聲，為廣告做了結尾。

她不好意思地低下頭，不敢直視，差不多二十秒的廣告，她都是用頭頂看完的。

一直以來都是平面拍攝，鮮少有過動態的影片，甚至是在大家日常所見的廣告上，頻繁的播放，實在太難為情，耳根子不禁抹上一層嫣紅。

「你不要再揶揄我了……」

「我沒有啊，廣告拍得很美不是？」

「那你還學！」

「這樣很好啊，代表大家對這個廣告印象很深刻，尤其開頭第一句，現在已經變成網路流行用語了。」他嘴角輕輕揚起邪惡的角度，「我要每天去海邊～」

「……」

她開始有點後悔答應拍這個廣告，她沒有想要進入演藝圈的野心，也並不想高調張揚，但在經紀人的勸說下，她還是妥協了……

雖然經紀人只不過說了一句：「看看日本那些模特兒，也都拍了很多廣告啊！」就已足夠吸引她這個單細胞生物。

「好啦，不鬧妳了。」他伸出大掌撫摸她的頭，才剛承諾，馬上又弄亂她的髮。

不等她發怒，他先行開口：「下禮拜三我可能不回來了，一直到假日，有個很麻煩的Case，和底下的人用說的說不清，只好陪著他們待在工作室熬夜，家和公司兩邊跑會很累。」

聞言，譚子媛的眉又垂了下來，「又要睡在工作室？」

李想自己開了一間攝影工作室，參加過許多比賽、得過無數獎項的原因，他的工作室名聲在攝影界不小，時常接下大公司的案子，也因此常常要熬夜埋頭於案子裡。

面對這種事不能哭鬧，也只能無奈妥協，好不容易才盼到一起搬出來生活，卻總是埋頭於工作中，她擔心，兩人之後會不會變得若即若離？

不過最擔心的還是他的身體狀況，怕他不堪長期疲勞的負荷，工作室也是只有幾張沙發，睡得一定不舒服……

見她一臉沮喪，他不語，起身將碗盤收拾乾淨，端回廚房流理台，又見他快步走向房間，披了一件外套出來。

「走吧。」

「去哪？」面對他突如其來的舉動，她一頭霧水。

「看妳想去哪，只要車子開得到的地方都陪妳去。」他走向浴室，準備洗把臉，「我連休三天假，妳也把妳的工作推掉吧。」

原本一直深鎖的眉頭一下子解開了，她的表情終於獲得明亮，像個孩子一樣豁然開朗。

「真的嗎？要去旅行？我要去哪都可以？我有很多很多想去的地方！」

「對，趕快去準備，我待會要下去把車開來了，不要讓我等。」

「好！」

聽見她因興奮雀躍而調高的音量，他的心情也跟著變得輕盈，忍不住笑了出來。

在無盡的忙碌中，一周只有兩天假日能夠好好休息，快樂的時光總是特別短暫，所以也讓人更加珍惜。

珍惜和彼此在一起的每一分每一秒，珍惜這段得來不易的感情，珍惜我們共同擁有的美好回憶，永藏在記憶中。

準備就緒，李想先行將汽車開到樓下，不久，譚子媛走出大門。

透過車窗，他的目光無法從女孩身上移開，朝這裡走來的，是他盼了好久才盼來的愛人，每當想起兩人分開的時光都覺得可歌可泣，如今她也從懵懂無知的小女孩成長為亭亭玉立的美女了，心中無限感慨。

無法抑制內心的激動和眷戀，深深墜入她編織的情網。

她走上前打開車門，看見副駕駛座的椅墊上的黑色小盒子，登時愣住，抬頭看向李想，他正用有趣的眼神看著自己。

「這是什麼？」

「妳打開來看看啊。」

這個眼熟的小盒子，在電視劇中常常能看到……

不會吧……鑽戒？難道是要求婚？在這裡？

譚子媛心情相當複雜，不知道該驚喜還是憂愁，雖然知道李想這個人不浪漫，將戒指盒放在椅墊上這件事恐怕也是他精心想出來的驚喜，但是……

好吧，總之也只能接受了……

她拋開五味雜陳的情緒，戰戰兢兢將盒子打開，映入眼簾的是用花編織成的戒指，金毛菊，小小一朵，鮮豔明亮的色彩卻像太陽一樣耀眼奪目。

她驚愕地再次抬眸望向李想。

「妳是不是以為我要向妳求婚？」

李想挑眉，嘴角揚起邪惡的角度，總是用言語戲弄她，搞得她尷尬難為情，雖然她的確是誤會了沒有錯……真是太自作多情了。

「為什麼突然送我禮物？」

「今天是七夕。」

「對喔……」她恍然大悟，坐進車子內，視線無法從花戒指身上移開。

見她坐進車內，他向後壓下排檔桿，踩動油門，動作敏捷俐落，遠遠駛離，不時瞥向一旁的女人，她將花戒指戴在自己修長的手指上，不停轉動手腕，喜悅表露無遺。

「喜歡嗎？」

「當然喜歡！」她用力地點頭，「你自己編的嗎？」

「嗯……」為了討她歡心，又不小心做出了彷彿小女人的舉動，令他有點不好意思。

「本來不知道要送什麼，逸哲、方瑀、寧寧都說帶妳去吃飯就好了，但總覺得只用錢解決有點沒誠意，所以……就自己想了。」他難為情地搔了搔頭，「原本還怕妳會覺得太廉價。」

「不會啊！我很喜歡！」她帶著十分誠心的眼神，語氣真摯，「我原本真以為你要求婚了。」

「那我現在跟妳求婚啊。」

「不要這麼隨便！」她的拳頭輕輕落在他的臂膀上，撒嬌似的生氣，逗得李想哈哈大笑。

與李想對望了眼，她能夠感受到從他那裡傳來的愛戀，情感相當濃烈，即便他只是一個眼神，也能讓她深陷其中，幸福簡直將她淹沒。

他一手掌控方向盤，伸出右手，將譚子媛的小掌包覆住，緊緊握著她的手，聞著從她身上散發的淡淡清香，感受她就在自己的身邊，被自己緊緊牽著的觸感如此清晰，不會再逃開，不會再消失不見。

「專心開車。」

聽見她柔聲斥責，被握著的手卻絲毫沒有掙扎，李想笑彎了眼。

她不知道，另一個戒指就藏在他的口袋裡。

求婚大事已經計畫了很久，和親朋好友們一同討論和動手製作，毫無浪漫可言的他絞盡了腦汁，耗費的力氣和大失血的荷包不容小覷。

終於，成為家人這件事，將在一個月後實現。

多年來的折磨考驗，走過了許多彎曲的小路，終將化為一條大道，無數星星在周圍閃爍著，替這條路灑下了耀眼光芒。

感情，待開花結果後再將它摘下，細心品嘗，就會發現以為苦澀的果子，其實甜美地令人陶醉，一口咬下，將人生染成了繽紛七彩色。

承諾與彼此攜手到老，就這樣手牽手生活下去。

和最愛的妳在永無島，繼續我們未完的故事……

【完】

番外二　再盼情相悅

掌聲紛紛響起，聚光燈打在她身上，亮得她不禁瞇起眼，面對眼前成千個觀眾，隨著有節奏的掌聲，每一個毛孔都在顫動，享受於這個舞台，享受於這陣歡聲雷動，將靈魂完全投入於其中。

額頭不斷滲出汗珠，光線忽明忽暗，眼花撩亂，全身的力氣彷彿一下子抽光。

思緒停滯了，霎時耳鳴，只剩下自己急促的呼吸聲，在耳邊嗡嗡作響。

她很喜歡這種感覺，演出的時候會將靈魂轉換在角色身上，結束時，意識回到自己身上總會有些不習慣，一瞬間會感到四肢無力。

方瑀和其他演員們站成了一排，向觀眾台鞠了躬，就此謝幕。

掌聲持續很久，直到他們走到布幕後還是沒有停止，這是給他們的一個鼓勵和肯定。

這一切如此得來不易。

在這個小有名氣的劇團轉眼也待了三年，大學畢業後她沒有馬上找到穩定的工作，中間為了訓練自己的演技，也應徵了不少電視劇的小角色。

在電視劇和舞台劇徘徊，遭拒絕和完全置之不理的案件不計其數，到處漂泊流浪，每個月拿著不穩定的收入回家，人生如戲，夢想這條路總是走得坎坷。

即使每天吃泡麵也不打算放棄，不需要在黑暗中找到一線希望，只要能找到在絕境中生存的辦法，她就有辦法繼續活下去。

逆游直上，將她變得更加堅韌。

直至近期她才漸漸建立起自己的名聲，如今還會接到電視劇的邀約，但她並不打算進入演藝圈，在外面繞了一大圈，她才發現自己還是喜歡舞台劇。

不需要躍上大螢幕發光發熱，不需要聲名大噪，她只是享受站在舞台的感覺，如果可以，想要將一輩子奉獻給舞台。

「大家辛苦啦！今天的演出也很順利，感謝大家的配合！」

「辛苦了辛苦了！一起去喝一杯啊！」

所有人回到後台，卸下一身光芒，變回凡人，許久未站上如此大型的舞台，大家興致勃勃，決定相約去慶功宴。

演出成功後，上台前的擔憂和煩愁全部都一掃而空，放眼望去，所有人臉上都只剩下豁然開朗的笑容，方瑀心想，這場演出真的不容易，和大家同甘共苦度過而來，的確是該好好地慶祝。

還有，今天是她的生日。

不想要影響大家慶功宴的心情，她才不願特別提出來，若是慶功宴的主題變成她的生日會，她會感到相當難為情。

就只是個生日，如果沒有意外的話起碼還能再過五十次，她絲毫不在意有沒有人替她慶生，趁著慶功宴好好喝一杯，好好把握二開頭的最後幾年！

坐在沙發上休息，她還在想今天若是醉了該如何回家，思緒卻被忽然響起的手機打斷。

她手忙腳亂從口袋中掏出手機，還來不及看螢幕上頭是誰的名字，迅速按下接聽。

「喂？」

「媽咪……」電話另一端的人是譚子媛，聲音聽起來有些著急，「幼稚園老師打電話給我說小愛鬧事了……」她捂著話筒說話，聲音變得含糊不清。

「妳冷靜點，慢慢說。」

「好……」她深吸了口氣，「小愛好像和其他小朋友吵架甚至推倒了對方，但是我現在抽不開身，沒有辦法趕去幼稚園，李想也正在拍攝工作，把手機關靜音，我怎麼打都打不通……」

聽了零零碎碎的詞語，方瑀大致能了解發生什麼事。

總而言之，小愛又鬧事了。

「我這裡剛結束，我去帶孩子回家，妳不要太擔心，好好工作吧，接到孩子我會再傳訊息給妳。」

一連聽了譚子媛說了好幾個謝謝，方瑀只回了她「三八」二字，掛掉電話，她只好和這場無緣的慶功宴道別，想替自己好好慶祝一番的生日會，就這麼與她擦肩而過。

在和演員們一一道別後，快速攔了台計程車揚長而去。

譚子媛自從為人母親，遇到孩子的事都會特別著急，隱藏在她體內的稚氣還未消失，她還在努力學習變得成熟懂事，費盡心思想要當個好妻子、好母親，方瑀都看在眼裡。

那個曾經她視為妹妹的小女孩，如今也長大了，甚至比她還要快躍上人生的階梯，譚子媛和李想成為一對令人稱羨的夫妻，從學生時期就認識了對方，經過一場風風雨雨，最終還是攜手步入了禮堂。

反觀自己，現在也過了花樣年華，過了能夠談一場純真戀愛的年紀，能認識的也只剩在職場上的同事，不管是男同事還是前輩，刻意接近她的都不懷好意。

這幾年也交往了不少男人，全都是些愛玩的情場浪子，人情冷暖，令她感嘆，自己總是遇不到好男人。

她苦惱，再過幾年，恐怕真的要成「敗犬」了。

計程車到了幼稚園前停下，方瑀從錢包內掏了兩張鈔票遞給司機，道了謝，她下了車，快步走向幼稚園。

進到幼稚園裡頭，她直奔教室，熟悉的嬌小身影映入眼簾，李愛背對著她，站在教室最前頭，身旁還站了另一位小男孩，只見老師語氣溫和詢問，可惜兩位孩子脾氣相當拗，都不願意先向對方低頭。

方瑀還在猶豫要先讓老師處理，還是直接進去教室內，直到一旁的女孩發現了她，是李愛的妹妹——李希。

「方瑀阿姨。」李希沒有任何情緒起伏，抬起圓滾的杏眼與她對視，禮貌地打了聲招呼。

站在教室前頭的李愛一聽見後頭傳來的聲音，倏地回過頭，當方瑀的面容映入眼簾，她的表情頓時豁然開朗，彷彿能看見她投來閃亮的視線。

「阿姨！」李愛笑容如花開綻放，努力邁開白白短短的小腿，拔腿奔馳到方瑀的面前。

見她熱情地朝自己奔來，方瑀也立刻蹲下身，給她一個擁抱。

「阿姨，妳怎麼會來？媽媽呢？」李愛眨著圓滾滾大眼睛，配上奶聲奶氣，可愛地令人無法招架，方瑀在內心提醒自己，不能因為可愛而縱容她。

還未回答李愛的問題，老師已跟著李愛的腳步來到兩人面前。

「請問是李愛的家屬嗎？」老師帶著和李愛起爭執的男孩來到她們面前。

她搖頭，莞爾一笑，「我是她們父母的友人，因為父母都抽不開身，所以請我代替她們來。」

目光瞥向臉色變得沉重的李愛，她又問：「我有聽說李愛動手推人，請問具體情況是……？」

「原本大家都在庭院玩，突然有人跑來告訴我李愛和其他小朋友吵起架，我到外頭去看，就看見李愛將小朋友推倒在地，我想恐怕是他對李愛說了什麼話才激怒了她，所以才將他們叫到教室前頭去問，但他們就是怎麼也不肯說。」

老師也只能無奈，面對兩人的固執完全束手無策。

方瑀蹲下身，與李愛平視，她噘起小嘴，委屈地垂下眸，不敢看向方瑀，看上去相當不悅，也害怕被大人責備。

「小愛。」她輕輕呼喚，要李愛與自己對視，「為什麼要推人呢？」

她盡可能讓自己的語氣平穩，不要帶任何指責和訓斥，還未將事情搞清楚，大人不能一股腦地斥責孩子。

李愛垂下頭玩弄起手指，依然不發一語。

「不能告訴阿姨嗎？妳跟阿姨不好了嗎？」她故作可憐，在此時濫用李愛對她的愛。

李愛立刻抬頭看向她，拚命搖頭，「因、因為……他說媽媽的壞話，是他不好，說媽媽的壞話！」

「你對小愛說了小愛媽媽的壞話嗎？」老師看向男孩，見他沒有任何反駁，她輕輕拍了他的背，語氣溫柔，「你應該也知道自己做錯了吧？跟小愛道歉，趕快和好吧！」

「對不起。」

見男孩乖乖地道了歉，方瑀也推了一把小愛，「妳動手推人家也不對，跟人家道歉。」

「……對不起。」

這個年紀的孩子還不懂得要掩藏，一在電視上看見媽媽就拚命指，炫耀自己的媽媽就在電視裡頭，自然容易引來其他孩子的妒忌和不順眼。

尤其李愛又是個直來直往的孩子，容易和人起衝突，讓人傷透腦筋。

事情終於就這麼告一段落，她喚：「好啦，書包拿好，今天阿姨帶妳們回家。」

聽聞，李愛開心地快飛了起來，蹦蹦跳跳地跑回座位上拿書包，反觀李希相當安靜，乖乖地拎起書包，自動走到方瑀身邊待著。

這對雙胞胎是譚子媛和李想的孩子，只相隔了五分鐘出生，雖然長得一模一樣，個性卻截然不同。

李愛是姊姊，個性活潑大方，身上帶了點譚子媛的影子；李希是妹妹，個性冷靜穩重，簡直就是李想的縮小版。

有時候她會分不清誰是誰，但只要看她們的反應就能百分之百確定。

方瑀一手抱著李愛，一手牽著李希，準備帶她們離開幼稚園，轉身踏出門口，一個人影擋在她面前，還沒來得及看清楚是誰，只聽見李希喊了聲：「逸哲叔叔！」

她相當訝異，不只是驚訝曾逸哲會出現在這，還有李希少見的高漲情緒。

曾逸哲身穿熨燙得平整的白襯衫，一絲不苟，衣角下擺紮進西裝褲裡，梳了油頭，整個人看上去清爽乾淨，散發著成熟男人魅力。

因為工作繁忙的關係，他們只會偶爾傳訊息寒暄，幾個月沒見了，曾逸哲又變得更加成熟穩重，原本就長得好看的臉配上一身西裝筆挺，一眼就讓人著迷。

他爽朗的個性絲毫沒有改變，或者是說，配在現在的曾逸哲身上，魅力猶如光芒一般，胡亂四射，他毫無意識射出的箭已經不知道中傷多少女人。

「你怎麼會來？」

「小媛擔心妳帶兩個孩子上計程車會很累，所以拜託我來幫忙。」語畢，他又展露了一如往常的爽朗笑容，蹲下身朝著李希張開雙臂，「小希要給我抱嗎？我抱妳上車？」

李希用力點頭，放開方瑀的手，拔腿衝進逸哲的懷抱，方瑀還來不及難過，看見逸哲心滿意足地開懷大笑，登時又愣。

潔白的牙齒，嘴角好看的弧度，自備一身和煦陽光，這些都是她曾經迷戀的，直到現在，她還是會不禁怦然心跳。

真是夠了，都已經快二十尾了，像小少女般的心跳也該停止了吧。

還有……這個像是夫妻帶著兩個孩子的畫面又是怎麼回事？

方瑀抱著李愛，目光無法從他昂首闊步的背影移開，一旦觸及於他，就會深深陷入，帶著濃濃的眷戀不停墜落。

當初似有若無的感情隨著時間漸漸沖淡，她真的好幾度以為他們會在一起，可是沒有，他們一直都像朋友一樣，最終兩人都產生了是不是彼此不適合的想法，這段戀情就這麼無疾而終。

現在回想覺得有些可惜，真該好好把握住曾逸哲，自己就不會落得現在這種下場。

譚子媛和李想的住宅，大廈裡的其中一小戶，婚前就共同在這生活了一陣子，由於兩人時常忙於工作，無法準時接送孩子，給身邊好友都配有一把鑰匙，隨時請他們幫忙來家裡照看孩子。

好不容易到了家，方瑀感覺自己的骨架都快散落一地，從早上演出一直到去幼稚園接孩子們，不知不覺也忙了整天了，放下李愛，她癱在沙發上，完全不想再用一絲一毫力氣。

見她整個人癱軟，幾乎要陷進沙發裡，曾逸哲忍不住笑意，「不用先去卸妝嗎？」

「今天一大早就在準備公演，昨天也緊張到睡不著。」她翻了個身，闔起眼，「我覺得……我只要一閉上眼睛就會馬上睡……著……」她氣若游絲，聲音渺渺，最後飄散在空中。

聽她的聲音漸小，原本還在幫孩子們脫鞋子的逸哲停下動作，他起身走向她，只見她舒適地躺在沙發上，闔著眼，呼吸聲平穩而安靜。

她居然真的睡著了！

曾逸哲立刻捂住嘴，制止了差點笑出來的聲音。

他禁不起好奇慾望，邁開步伐悄悄靠近，盯著方瑀的睡顏，卸下了一身自信光采，進入休眠時的她就只是個令人憐愛的孩子。

「阿姨睡著了嗎？」李希問。

「對啊，阿姨很累了，妳們要小聲一點，不要吵到阿姨。」

「那我去幫阿姨拿被被！」李愛激動，不自覺調高音量，先行衝進房內將小毯子拿出來。

「小愛，噓！」李希朝著李愛的背影，將食指放在噘起的唇前，為了讓跑進房內的李愛聽到，她的聲音也不自覺變大。

逸哲又忍不住笑了出來，怎麼眼前的人，不管是大的還是小的都這麼可愛。

「不然你找寧寧？她也滿喜歡運動的，跟你可能很合得來喔。」

「為什麼？我比較想跟妳一起。」

好像又夢到了那場夢，是回憶，和曾逸哲若有似無的曖昧，比和其他男人交往都要來得心跳，他的一言一語都牽動著她的心，那些看似普通的話，都遠比「我愛妳」還要更悅耳。

所以才會有這麼多人說，曖昧是感情中最好的狀態，這種想觸碰卻又不敢靠近的感覺，令人深陷於其中，無法自拔。

她也曾這樣，跌進曾逸哲佈下的情網中，不管怎麼掙扎都無法脫身，不想再繼續維持這樣的狀態，於是她剪斷了網，讓自己重重墜落。

跌落無止盡的深淵，無限循環，不管又談了多少次戀愛，那些男人都不會像曾逸哲。

他們，都不是曾逸哲。

所以說，都過了這麼多年了，如果你也不想再繼續當朋友的話，我們……

嚥下差點喃喃出的話，她發現自己正在作夢，翻了個身，想繼續睡，卻發現耳邊傳來窸窸窣窣的吵雜聲，像是刻意想減輕音量的怪聲，她的意識才漸漸回來。

我在譚子媛和李想的家睡著了，應該只有曾逸哲和李愛、李希在這，難道譚子媛和李想回來了？但這些聲音卻吵鬧到不像只有幾個人……

她倏地睜開眼，像是被電流竄過身子一般，整個人彈了起來，視線還無法對焦，只見眼前站了一排人，他們似乎也因為她突如其來的舉動而嚇了一跳。

所有人愣了半晌，直到一個人喚回大家的意識，大家才紛紛開始動作，起起落落的拉炮聲響起，嚇得她身子不禁往後一縮。

所有人異口同聲歡呼：「方瑀！生日快樂！」

……啊？

從拉炮衝出的彩帶和亮片落在她的頭上，她的思緒還是呆滯的，此時眼前的畫面終於稍微清晰。

譚子媛、李想、曾逸哲、寧寧、孩子們還有白癡三人組全圍著她，臉上充斥著幸福洋溢的笑容，看她一臉迷茫，大家笑得更誇張。

她轉頭，發現餐桌上放了一個白色蛋糕，上頭寫著大大的：「媽咪，我們永遠愛您」，終於意識到現在是什麼狀況，她不禁一陣鼻酸，情緒萬分複雜。

「哪有人在壽星這麼狼狽的時候慶生的啦！」她哀號，又再度躺下，將被子蓋過頭，想到現在自己的妝都花掉了，頭髮也睡得亂七八糟，實在是沒臉再見人了。

「我有拍到！我有拍到她一臉迷茫的樣子！」

「太經典了，快點傳群組！」

大家看了嘻哈拍的影片，方瑀一臉不知所措的模樣逗得大家捧腹大笑，情緒更加高漲，笑得東倒西歪，整個屋子歡樂地快將屋頂給掀了。

沒有想到大家竟然都還記得她的生日……原本還想說要自己喝個痛快，如今能和最親愛的朋友們一起度過生日……

這將是她人生最美好的一次生日，如果可以，往後的五十次，都要和大家一起過。

「媽咪，快點起來，吃蛋糕了！」譚子媛拍了拍她的肩。

「壽星，快點想願望，我要點蠟燭了。」寧寧按下打火機，準備點燃蠟燭。

她甩開被子，雙手合十，在寧寧還未點完蠟燭前快速念完前兩個願望：「第一，我希望大家永遠在一起，第二，我希望大家永遠在一起，第三，我要大家永遠在一起。」

聞言，所有人愣了幾秒，不久，整間屋子又爆出歡笑聲。

「怎麼會三個願望都許一樣的，很浪費耶！」

「第三個願望不要說出來啦——」

那是因為你們不知道，我的願望真的只有這個，將三次機會都拿來許下這個願，一點也不覺得可惜。

就算真的成了永世單身女子，只要能和你們在一起，這個人生也值得了。

慶生會結束，譚子媛和寧寧負責收拾善後，李想和白癡三人組圍了一桌打起麻將，李愛和李希在房間玩，獨留方瑀和曾逸哲坐在沙發上看電視。

實在尷尬，平時傳訊息怎麼都不會像現在這樣生疏？她完全不知道該跟他說些什麼好。

正當她還在考慮要如何開啟話題，曾逸哲泰然自若地先行開口。

「怎麼沒有許『想要談一場轟轟烈烈的愛』這個願？」他嘴角揚著，帶著一絲嘲弄，「我記得妳二十一歲生日是許這個願的。」

「唉呀，年少輕狂嘛，現在都幾歲了還什麼轟轟烈烈，再不穩定下來就一輩子都嫁不出去了。」她揮了揮手，想起以前的願望都覺得難為情。

「妳終於看開了嗎？我還以為妳到現在還是漂泊不定。」

「會漂泊不定還不是你害的，誰叫你當時不追我。」

曾逸哲正仰頭喝著飲料，她一個冷不防的直言，一針見血，他嗆了一口，捂著嘴，大力地咳嗽。

「幹麼？」她挑眉，看著他如此動搖的模樣，很是舒暢，「我有說錯嗎？」

他抹了抹嘴角滲出的飲料，「妳後來不是交男朋友了嗎？而且交了一個之後就沒停過了。」

「因為你不主動開口提交往啊，我只好另尋芳草，結果不出所料都是一些人渣，搞得我現在還是單身女子一枚。」她望向他，「你不也一樣，都快三十了還不結婚嗎？」

「我……」曾逸哲的話還沒說完，一旁傳來嬌滴滴的奶聲呼喚：「爸比！」

兩人的注意力立刻被吸引過去，只見李希和李愛從房間跑了出來，一前一後跑到李想身邊，李愛一如往常對著李想撒了嬌，李希則是目不轉睛地望著方瑀和逸哲的方向。

收回目光，李希揪了揪李想的褲角。

「爸比，我長大以後可以跟逸哲叔叔結婚嗎？」她一臉認真，彷彿能從她眼中看見無數閃爍星星，耀眼的光芒令人無法直視。

「啊？」不只李想，在場所有人全傻住，誇張地提高音調，在廚房內的譚子媛和寧寧聽了也不禁噗哧一笑。

雖然知道李希跟逸哲特別好，但沒想到李希竟然是抱著這樣的心情在靠近逸哲的嗎？李希和李愛不同，李愛的「喜歡」可能就真的只是感情甚好，李希的「喜歡」恐怕是真的想直接在這裡辦起結婚典禮那種。

「當然不行啊！」李想斬釘截鐵拒絕，毫無商量餘地，就連單純哄孩子的甜言蜜語也做不到。

「為什麼？」

見李希眨著圓滾滾的大眼，歪著頭不明白原因，李想不語，彎下腰將兩人抱了起來，放在腿上，收緊手臂，抱得她們幾乎喘不過氣。

李愛被他逗得笑開花，「爸比又要說因為我們都是他的了！」

「我沒有。」

「你明明就有媽咪了！」

「我不管。」

李想的弱點從懼高症、譚子媛，又多增加了李愛和李希，是個嚴重妻小控，自從和譚子媛交往，他整個人都變得像小女人一樣，生了孩子以後更是嚴重，大家看著他的眼神都變得絕望，面對這對可愛得無以復加的雙胞胎，身為爸爸恐怕真的是沒救了。

李希還是一直朝兩人的方向望來，盯得方瑀有些不自在，正當她準備轉移目光，又聽見李希問：「那逸哲叔叔會跟方瑀阿姨結婚嗎？」

「啊？」又一次語出驚人，白癡三人組差點都要撲倒在麻將桌上，不經意看向逸哲和方瑀，李想其實也想過這個問題。

「為什麼妳會這麼問？」他很好奇，觀察敏銳又成熟的李希，為什麼有和他一樣的想法？

「因為今天帶我們回家的時候我有問逸哲叔叔，他說他……」

「哇——！」曾逸哲閃電般站起身，胡亂吼叫想蓋住李希的話，全場登時靜了一會兒，李希一臉無辜，竟然繼續將話說完：「……喜歡方瑀阿姨很久了。」

無力阻止那些話，曾逸哲的臉倏地熱了，不敢看向方瑀，他捂住臉，全身力氣彷彿被抽光一般，又一屁股坐回沙發上。

方瑀從一旁盯著他看，耳根子浮上一層紅的模樣甚是可愛，面對李希說的話，她竟然一點也不意外，心情相當平靜。

他們本來就差點在一起了，只是不小心錯過了，一個不小心，就這麼過了好幾年。

「打、打牌啊，看什麼！」

「對對對，打牌打牌……」

李想喚回白癡三人組的注意力，即使將目光移回麻將上，他們好像也無心在這上頭了。

「你……」方瑀靠近他的耳畔，又是一陣戲弄般地挑眉，「是不是該給點交代？」

曾逸哲不語，移開原本還捂著臉的手，神情轉為認真，若有所思的模樣令人在意，即使不說話，即使面無表情，英俊的側臉還是讓人深深著迷。

「如果，妳到三十歲都還找不到穩定對象的話……」良久，他的低沉嗓音傳進耳裡，磁性迷人，讓人的視線無法從他身上移開。

語未落，沉浸了許久，他才又沉沉開口：「就跟我在一起吧。」

她訝異，曾逸哲的眼神不像是在開玩笑，面對她竟也會有如此認真嚴肅的時候，在一起？他剛剛是說在一起嗎？跟我？

這句話，居然拖了九年，直到現在才找到勇氣將它說出口。

她居然也等了九年，只為了等他這個人，只為了等他這句話。

果然，不是曾逸哲好像就不行，恐怕到三十歲還真的找不到穩定對象了。

「不要。」斬釘截鐵地拒絕。

她才不要只是在一起，都過了這麼多年了，早就可以省略交往的步驟，而且兩人都三十了，何必再等呢？

錯過這次，我也不會再等了，你個王八蛋。

她忍不住笑，眼睛彎成月彎狀，聲音輕柔地飄散於空中——

「我到三十歲都還沒人要的話，你就娶我吧。」

又在此時跌進了他早已佈好的情網，和當初的一樣，讓人難以招架，讓人深陷其中。

年紀大了，沒有掙脫的力氣了，也無法再靠自己爬上岸了。

我這次就跟你慢慢耗吧，你就最好說到做到……

距離三十歲，還有兩年。

【完】

要青春38　PG2057

要有光 FIAT LUX

不會飛的彼得潘・歸花路

作　　者　　眽　眽
責任編輯　　林昕平
圖文排版　　周妤靜
封面繪圖　　眽　眽
封面完稿　　楊廣榕

出版策劃　　要有光
發 行 人　　宋政坤
法律顧問　　毛國樑　律師
印製發行　　秀威資訊科技股份有限公司
114台北市內湖區瑞光路76巷65號1樓
電話：+886-2-2796-3638　傳真：+886-2-2796-1377
http://www.showwe.com.tw
劃撥帳號　　19563868　戶名：秀威資訊科技股份有限公司
讀者服務信箱：service@showwe.com.tw
展售門市　　國家書店（松江門市）
104台北市中山區松江路209號1樓
電話：+886-2-2518-0207　傳真：+886-2-2518-0778
網路訂購　　秀威網路書店：https://store.showwe.tw
國家網路書店：https://www.govbooks.com.tw
總 經 銷　　聯合發行股份有限公司
231新北市新店區寶橋路235巷6弄6號4F
電話：+886-2-2917-8022　傳真：+886-2-2915-6275

出版日期　　2018年9月　BOD一版
定　　價　　270元

Printed in Taiwan

國家圖書館出版品預行編目

不會飛的彼得潘.歸花路 / 眽眽著. -- 一版.
-- 臺北市 : 要有光, 2018.09
面； 公分. -- (要青春 ; 38)
BOD版
ISBN 978-986-96693-6-8(平裝)

857.7 107013608

請貼
郵票

11466
台北市內湖區瑞光路 76 巷 65 號 1 樓
秀威資訊科技股份有限公司 收
BOD 數位出版事業部

（請沿線對折寄回，謝謝！）

姓　　名：＿＿＿＿＿＿＿＿　年齡：＿＿＿＿　性別：□女　□男

郵遞區號：□□□□□

地　　址：＿＿＿＿＿＿＿＿＿＿＿＿＿＿＿＿＿＿

聯絡電話：（日）＿＿＿＿＿＿＿＿（夜）＿＿＿＿＿＿＿＿

E-mail：＿＿＿＿＿＿＿＿＿＿＿＿＿＿＿＿＿＿